KB198691

또다시
살리고 싶어서

삶과 죽음의
문턱에서 싸웠던
외상외과의
1분 1초

또다시
살리고 싶어서

허윤정 에세이

SIGONGSA

나의 딸
세레나에게.

누군가를 이토록 사랑한 적:
24년 12월 4일의 기록

내가 처음 이 책을 써 내려간 것은 작년 12월 때다. 그때까지만 해도 나는 환자들과 지독한 사랑에 빠져 있었고, 그들을 구하는 것이 나의 천직이라고 믿었다. 그것은 결코 대단한 경제적 대가나 명예를 가져다 주는 일은 아니었다. 그래도 나는 묵묵히 외상센터를 지켜 왔다. 이 땅의 모든 바이탈 의사들도 마찬가지였다. 매일 밤 우리의 일부가 조금씩 갈려 나가고 있었지만 그래도 괜찮았다. 환자가 떠나간 그곳에 먼저 도착해 있을 영원을 붙잡고 싶었기에 이쯤은 괜찮다 되뇌었던 것 같다.

책 출판을 일 주일 남겨 두고 시작되었던 정부발 의료 대

란이 1년 가까이 이어지고 있다. 미래 세대는 떠나갔으며 바이탈 의사들은 예비 범법자가 되어 버렸다. 난데없는 계엄령에 의료인은 처단 대상이 되었다. 십수 년간 어렵게 쌓아 올린 응급 의료 체계가 파괴되었지만, 관료들은 국민을 안심시키려 우스꽝스러운 말들을 쏟아내고 있다. 타노스의 손짓 한 번에 개혁되어 버린 것은 대한민국 의료가 아니라 과거에 이토록 환자를 사랑했던, 내 생을 쪼개어 주면서라도 살리고자 했던 그런 처절한 마음이거늘.

그러기에 이 책은 내가 목이 메도록 사랑했지만 떠나보내야만 했던 환자의 기록인 동시에 바이탈 의사로서 나의 '시한부' 유서와도 같다. 주위의 멸시로부터, 소송의 위험으로부터 그리고 이 시국을 타개하기 위해 부단히 애써 보았지만, 그것은 거인의 발에 짓밟힌 개미의 움찔거림조차 되지 못했다는 자괴감으로 돌아왔다.

이병률 시인이 말했던 것처럼, 앞뒤가 맞지 않는 인생을 지내기 위해 다시 길을 잃고 나서 돌아오지 않는다면 그 인생은 명백해질 것이다. 이것 이외의 길은 없을 거라는 단호함으로 나는 '잠시' 있다 돌아오려 한다.

만족하십니까. 지금 그들이 말하는 의료 개혁.

아무것도 아닌 죽음은 없다:
24년 2월 6일의 기록

'제발 돌아와.'

누군가를 향해 이렇게 간절히 외친 경험이 있는가? 만약 그렇다면 당신은 절절한 사랑을 해 본 사람이다. 그간 못해 줬던 일만 떠올라서, 더 이상 볼 수 없는 얼굴을 1초라도 더 보고 싶어서 당신은 그렇게 외쳤을 것이다.

외상센터에서 일하는 우리도 생전 처음 보는 이의 심장에 대고 간절히 외친다. 제발 돌아오라고, 제발 한 번만 다시 뛰어 달라고. 이미 멎어 버린 심장이 기적같이 박동하여 뭔가 더 시도할 기회가 생기기를. 머리로는 끝났음을 알아도 매 순간 바라고 또 바라며 외친다.

사실 외상센터는 책이나 쓸 정도로 한가한 곳이 아니다. 사고가 끊이질 않고 인력은 부족하다. 책 쓸 시간에 환자나 한 명 더 보라며 비아냥대는 목소리도 있을 것이다.

하지만 나는 알리기로 했다. 내 환자가 마지막 순간에 느꼈던 감정을, 그들의 인생을 모나게 했던 풍파에 대해서. 나 혼자 간직해도 그만이지만 더 많은 이들이 알았으면 좋겠다 생각했기에 책을 썼다. 조기에 마감돼 버린 내 환자의 삶이 세상을 이롭게 만들 특별한 흔적으로 남도록.

평범한, 아무것도 아닌 죽음은 없다. 하나의 생명이 존재하던 세상과 그것이 사라져 버린 세상은 완전히 다른 우주다. 때문에 나는 그 생명 하나하나가 별빛이 되어 새로운 우주를 만들어 내는 장면을 모조리 기억하지 않을 수 없었다. 대체로 찰나였음에도 가슴에 강렬히 새겨졌다.

그 찬란한 우주가 몇 주, 몇 개월 뒤까지, 100번 이상 선명하게 맴돌아 나를 미치게 할 지경이 되면 비로소 그들은 나만의 방식으로 글이 됐다. 고로 이 책을 통해 유출될 환자의 개인 정보는 없을 것임을 밝혀 둔다.

떠나간 이들의 삶이 아름다웠기에 내 글이 아름다워졌고, 때로는 격정적이었기에 내 글도 사무쳤다. 그들의 삶이 부조리했던 시점에서 내 글도 함께 분노했다. 물론 해학과 따스함, 일곱 빛깔의 희망으로 가득한 삶도 존재했다.

먼 훗날, 당신이 환자 또는 보호자로서 나와 외상센터에서 마주쳤을 때, 글 쓰는 데 바빠 치료를 소홀히 할까 염려하지 않아도 된다. 우선, 나는 이 책을 쓰는 데 많은 시간을 할애하지 못했다. 그런 연유로 가끔 삐그덕거리는 문장이 눈에 밟힐 수 있다.

또한 나는 바이탈 사인이 나락으로 곤두박질치는 상황에서 그 누구보다 빠르고 냉철한 판단을 내리는 외상팀 리더이다. 수술대 위에서 나의 손은 망설이지 않는다. 내가 이토록 용맹할 수 있는 건 얼마 남지 않은 권역외상센터 동료들, 외과 의사가 되는 법을 가르쳐 준 스승님들, 사랑하는 가족, 그간 떠나보낸 환자들이 나를 지켜 준다고 믿기 때문이다.

물론 당신과 내가 외상센터에서 만나는 일은 없어야만 한다. 혹여 그런 일이 생기더라도 너무 걱정하지 말기를.

난 당신을 꼭 살려 낼 테니까.

차례

Chapter 3   당신이 열두 번 실려 와도

Chapter 1

플래티넘 미닛

참의사 나셨구먼

"빨리 옮겨!"

"삐삐삐~."

"현장에서 기도 유지 실패했고, 내장 다 튀어나왔어요."

"선생님! 산소 포화도가 안 잡힙니다."

"인튜베이션[1] 준비해 주세요. 보호자 있어? 보호자!"

"당장 외상팀 콜 해! 손에 수갑은 뭐야?"

"몰라요! 보호자 없어요. 선생님, 심박수 30!"

"삐삐 삐삐~."

"아니! 산소 포화도가 왜 안 올라가!"

"에피네프린[2] 재 주세요."

"심박수 20대, 대퇴부 맥박 촉지[3] 안 됩니다."

---

[1] intubation, 기관 내 삽관
[2] epinephrine, 심장을 다시 뛰게 하는 물질 [3] 촉감으로 알게 됨   017

"심장 압박 시작합니다. 하나, 둘, 셋⋯."

＊ ＊ ＊

월요일 아침부터 피로가 몰려왔다.

'아⋯. 환자 또 늘었네.'

겨우 하나 비어 있던 외상 중환자실 침대가 그새 또 차 버렸다. 주말 사이 일어난 일들을 캐치하기 위해 차트를 훑어 나갔다.

주민이 옥상에 올라갔다가 발견해서 신고.

목 4㎝ 열상[4]으로 공기 샘.

좌 하복부 15㎝ 열상 및 내장 탈출.

지속적으로 바닥에 머리 부딪히며 혀 깨물고 대화 불가.

매우 비협조적, 수갑 채운 채 이송.

더 이상 외상센터에서 자살 환자를 마주하는 건 놀랍지 않은 일상이 되어 버렸다.

"어휴, 어제 장난 아니었어. 간이랑 십이지장 다 찢어지고. 이비인후과 부탁해서 기도랑 혓바닥 겨우 붙여 놨다. 근데 보호자가 없어. 보호자가….”

수술은 환자의 몸에 난 모든 구멍을 메우고, 장기들도 제자리로 돌려놓았다. 그런데 1주, 2주가 지나도 의식이 돌아오질 않았다. 이상하다. 깨어날 때가 지났는데. 무의식 상태가 보름 이상 지속될 경우, 입에 들어간 인공호흡 튜브는 기관 절개를 통해 목으로 옮겨야만 한다.

‘환자 분, 눈 좀 떠 봐요.’

초음파, CT, 뇌파검사 결과지 어디에도 이 마흔 초반 환자의 무의식 상태를 설명할 수 있는 단서는 없었다. 혹시라도 놓친 외상의 흔적이 있을까 다시 한 번 그를 살폈다. 오랜 세월 햇볕이라고는 잘 보지 못한 듯 피부 빛깔이 차가웠다. 무엇이 그를 세상과 이별하게 만들었을까.

“어머님이 계시긴 하대요. 그런데 장애인 시설에 계시다는 것 같고 자세한 건 모르겠어요.”

담당 간호사의 한마디가 그의 지난했던 삶을 대변하는 것 같았다.

“확실히 예년보다 늘었어. 특히 젊은 사람들이.”

이달은 유독 자살 시도 환자가 많이 이송됐다. 이맘때는 원래 그런가? 외상센터에 합류한 지 1년이 채 되지 않은 시점이었기에 나로서는 알 길이 없었다.

코로나19와의 싸움이 길어지던 때였다. 통계를 내어 보니 실제로 가정 내 사고 빈도가 유의미하게 증가했다. 특히 젊은 층이 폭력과 자해의 위험에 고스란히 노출되어 있었다.

'이미 일어난 사고의 뒤처리에나 집중하자.'

그게 외상외과 의사가 할 일이다.

정신과를 전공한 친구에게 자살하는 사람의 심리에 대한 책을 추천해 달라 했다.

"야! 그런 책은 읽어 뭐 하려고 그래. 참의사 나셨구먼."

한참 핀잔을 주던 친구는 이내 진중하게 책 하나를 일러 줬다. 《자살의 이해와 예방》. 나는 환자가 깨어나는 순간 건넬 완벽한 첫마디를 준비하고 싶을 뿐이었다.

'왜 그랬냐고, 얼마나 위험했는 줄 아느냐고 다그쳐 볼까? 아냐, 그를 다시 궁지에 몰아선 안 돼.'

'세상에 돌아온 걸 환영한다고 따뜻하게 말해 볼까?'

'냉철한 의사가 되어 현재 상태와 앞으로의 예후에 대해 설명해 줄까?'

어떠한 말도 그의 지친 영혼을 달래 줄 순 없을 터였다.

결국 아이러니하게도 생사의 갈림길에서 겨우 닫혔던 환

자의 경부 열상은 수술대 위에서 다시 뚫렸다. 의료진의 허탈함을 아는지 모르는지, 그는 제법 안온한 표정으로 인공호흡기에 몸을 맡기고 있었다. 신경학적 검사를 위해 눈동자에 불빛을 드리우자 그의 턱이 부르르 떨렸다. 경찰과 구급대에 의해 옥상에서 끌어내려진 지 20여 일째 지나는 날이었다.

"그 기금은 500만 원이 한도예요. 사실 병원 입장에서는 굉장히 곤란해지고…."

시간이 흐를수록 아무도 정산하지 않을 병원비만 쌓여 갔다. 여기저기를 두드려 봤지만 돌아오는 대답은 비슷했다. 설상가상으로 난치성 경련까지 발생해 온갖 비싼 항경련제가 들어가고 있는 상황이었다. 마지막 희망이었던 신약까지 추가해 봤지만, 야속한 턱은 계속해서 씰룩거렸다.

"선생님. 그 환자 받겠다는 요양 병원을 찾았대요!"

필시 둘 중 하나다. 굉장히 비양심적인 곳이거나, 나처럼 오지랖 넓은 사람이 운영하는 곳이거나. 다행히도 포도나무 요양병원은 후자에 속하는 곳이었다.

윌리엄과 폴록(William & Pollock, 2001)은 역사적으로

자살을 도움의 호소(cry for help)라고 간주한 것을

고통의 호소(cry for pain)라고 보아야 한다고 했다.

— 《자살의 이해와 예방》 중에서

환자를 보내고 계절은 두 번 바뀌었다.

'혹시 그새 의식이 돌아오진 않았을까?'

'턱은 아직도 떨리고 있을까?'

'소식을 듣고 찾아와 준 먼 친척은 없었을까?'

친구를 만나러 운전하는 길에 포도나무요양병원 간판
이 보였다.

"실례지만 환자 분과 관계가 어떻게 되죠?"

질문이 꼬리에 꼬리를 물었다. 전원을 보낸 주치의가 안
부 전화를 한 건 처음이라며 병원 간호사가 웃었다. 두 차례
의 폐렴은 극복해 냈지만 아직도 그의 두 눈은 감겨 있을 뿐
이었다. 수소문 끝에 찾아낸 그의 어머니는 건강이 악화되어
장애인 시설에서 아산의 모 병원으로 옮겨졌다고 했다.

의식이 없어도, 서로 말 한마디 나눌 수 없어도, 같은 공
간에 모자가 함께 누워 있다면 그것만으로 얼마나 좋을까.
엄마는 아들이 내쉰 숨을 들이켜고, 아들은 엄마의 온기로
폐를 채워 내고. 애초에 둘은 한 몸이었을 테니 그 영혼은 외

롭지 않으리라. 깨어 있는 삶의 고통이 지워 버린 따뜻했던 기억을 그들에게 돌려줄 수만 있다면.

　일면식도 없는 수화기 너머 간호사와 나는 어느새 같은 생각을 하고 있었다.
　"그래서, 그 어머님이 계신 병원이 어디라고요?"

케이일이칠이팔, 에이치오이삼사공

"복강경은 꼭 쓰리디(3D)로 준비해 주고요, 마취과는 어레인지[1] 다 됐고…."

"선생님! 아악! 의사 선생님!"

극심한 복통으로 연신 좌우로 굴러 대느라 정신없던 환자가 수술실 간호부와 통화하고 있던 나를 긴박하게 불러 댔다. 그 환자는 촉망받는 청년 목축업자로, 소들에게 복부를 받혀 이송됐다.

"진통제 더 드릴까요? 많이 아프시죠. 이제 곧 수술실로 이동할 거예요."

"아니. 진통제가 아니고, 펜! 종이!"

작은창자의 다발성 천공으로 인한 복막염 때문에 하늘

[1] arrange, 예약 완료

이 샛노래지는 고통이 온몸을 찌를 터, 그는 뜬금없이 펜과 종이를 원했다. 하지만 극심한 고통으로 손아귀에 펜을 쥘 힘이 제대로 들어갈 리 없었다.

"뭘 적으시려고요? 제가 대신 적어 드릴게요."

"하아아, 그럼 부탁을…. 케이일이칠이팔, 에이치오이삼 사공!"

"네…?"

"아, 잊어버리기 전에 똑바로 적어요! 케이일이칠이팔! 에이치오이삼사공!"

생사의 기로에 선 순간에서도 꼭 남겨야만 하는 기록이라니, 가족에게 남기는 유언이라도 되는 걸까. 아니면 금고나 통장의 비밀번호일까. 나도 모르게 비장한 마음을 담아 곧은 자세로 고개를 끄덕이며 한 글자씩 꾹꾹 눌러 적고 있었다.

"그 자식들, 내가 돌아가서 다 죽여 버릴 거야!"

외마디 비명을 남긴 채 그는 수술실로 갔다. 알고 보니 내가 적은 건 소들의 식별 번호였다. 그는 수술을 받고 1주째 되는 날 무사히 퇴원했다.

아아. 케이일이칠이팔, 에이치오이삼사공의 명복을 빈다.

부인 분들 오셨어요

외상센터에 이송된 환자는 이미 사망했거나 사망을 향해 달려가는 경우가 많다. 눈 깜짝할 순간에 달린 환자의 목숨에 대해 설명할 때는 신중할 수밖에 없다. 설명할 대상이 직계가족이 아니라면 수술동의서에 서명할 권리가 없을 뿐 아니라, 잘못하면 개인 정보를 유출하는 행위가 될 수도 있기에.

때문에 소생실 문밖에서 울고 있거나 초조하게 서성이고 있는 이들은 대부분 환자 가족일 테지만 분명 확인 절차가 필요하다. 자상[1] 환자의 경과에 대해 소상히 설명했는데 나중에 보니 가족을 사칭한 가해자였던 적도 있었다.

[1] 날카로운 것에 찔려 입은 관통상

장대 같은 여름비를 뚫고 구급대가 한 교통사고 피해자를 이송해 왔다. 현장 심정지로 10분 이상 CPR[2]을 해 심장박동이 겨우 회복된 칠십 대 할아버지였다. 분주하게 레보아[3]를 하고, 응급수술 준비를 위해 수술동의서를 뽑았다.

"보호자 확보됐나요?"

"네. 부인 분들 오셨어요."

"뭐라고요?"

안 그래도 출혈 지점을 계산하느라 분주했던 내 두뇌가 작동을 멈췄다. 우리나라가 일부다처제 국가였던가.

"할머니 세 분이 계신데 누가 부인인지 모르겠어요…."

그 이상을 추리해 보기엔 1분 1초가 급했다.

"가족관계증명서에 올라 있는 직계가족이 어느 분이시죠? 그분 동의가 필요합니다."

부인 분'들'은 연신 고개를 저으며 두런거렸다.

"그쪽 이름 있슈?"

"아니유? 나는 아니고…. 저짝에다 한번 물어보셔."

"나요? 나도 아닌디…. 근디, 선상, 그거 수술을 꼭 받아야 혀?"

장시간의 수술을 무사히 마치고 나와 보니 부인 분들은 서로 끌어안고서 함께 울고 있었다. 할아버지가 희대의 카사

노바였던 것일까. 아직까지도 나만의 미스터리로 남아 있다.

* * *

사회 통념상의 가족 형태를 띤다 해서 다 가족은 아니다. 얼마 전 만났던 가족이 그랬다. 작업 중 크레인에 깔려 있다 구조된 환자의 복강 내에는 성한 장기가 하나도 없었다. CPR을 한 지 7분 만에 ROSC[4]가 되어 모두가 환호를 외치고 있는데 보호자들이 도착했다.

그에겐 두 딸과 아들이 있었다. 그들에게 우리가 얼마나 어렵게 심장을 회복시켰는지, 아직 환자 의식은 없지만 그래도 해 볼 수 있는 치료에는 무엇이 있는지 핏대를 세우며 설명했다. 그런데 돌아오는 대답은 차가웠다.

"너무 애쓰지 마세요. 거기까지만 하세요."

그렇게 모든 치료에 동의하지 않는다는 말만을 남긴 채 그들은 사라져 버렸다. 어렵게 살려 놓은 환자는 허무하게 세상을 등졌다.

외상센터에서 일하면 참으로 다양한 가족을 본다. 우리 각자가 풍기는 빛깔과 향만큼 가족의 형태 또한 각양각색이

[4] CPR 후 심장박동이 돌아온 상황. 자발적 순환 회복이라고도 한다   028

다. 가족이란 뭘까. 동그라미, 네모로 가계도를 예쁘게 그릴 수 있어야만 가족일까. 그냥 평생 서로를 위하고, 사랑하고, 아끼고, 보듬고 살아간다면 그걸로 된 것 아닐까.

모든 가족에겐 사정이 있고 그것을 내가 다 알 순 없다. 또 그런 사정은 사람을 살리는 데 전혀 영향을 미치지 않는다. 그저 의사는 편견을 배제한 채 눈앞에 있는 환자에게 모든 역량을 쏟을 뿐이다. 다만 삶의 마지막 순간에, 사랑하는 혹은 사랑했던 가족과 함께이고 싶지 않은 사람은 없을 것이라 짐작만 할 뿐.

짜증 나는 일이 있을 때, 나는 미 항공우주국 인스타그램에 올라오는 은하 사진을 들여다보곤 한다. 드넓은 우주에서 우리네 삶이라는 게 얼마나 티끌 같은가. 서로 힐난할 에너지와 시간이 있다면 차라리 사랑하는 이들의 안위를 챙기는 게 훨씬 낫다.

나는 하느님이 가르쳐 주신 사랑이 XX와 XY를 구분한다고 생각하지 않는다. 편견의 비구름이 걷히고 무지개가 뜨는 날이 오기를.

어른들의 칼싸움

외상 환자를 살리면서 다양한 칼에 대해 알게 됐다. 빵칼, 고기칼, 뼈칼, 햄칼…. 요리와 담쌓고 사는 것이나 다름없는 나로서는, 어떤 식재료를 다루느냐에 따라 칼을 달리 사용한다는 사실이 놀라울 따름이었다. 그렇게 만들어진 칼이 주방에서만 쓰이면 참 좋으련만, 현실은 그렇지 않다.

외상외과 의사가 칼에 관심을 갖는 이유가 여기 있다. 환자의 어떤 장기가 손상됐는지 추측해야 하기 때문이다. CT 찍을 틈도 없이 수술실로 환자를 바로 밀고 들어가야 하는 상황이라면, 환자 배를 여는 동안 상상의 나래를 펼쳐야 한다. 손상된 장기와 혈관이 무엇이냐에 따라 서전[1]의 손놀림이 초 단위로 달라져야 하기에.

[1] surgeon, 외과 의사

겉으로 보기에 자상은 거기서 거기다. 깔끔한 피부의 폭 5센티미터 정도 되는 끊어짐이랄까. 누군가에게 위해를 가하려 한다면 날이 넓은 푸주칼을 쓸 리는 없기에. 이제 상처 바로 밑 비장 파열일지, 신혈관[2] 손상일지, 칼이 길어 반대쪽 IVC[3]까지 닿은 건 아닐지를 생각해야 한다. 칼에 대한 정보는 이래서 중요하다.

실제로 누군가를 찌르거나 찔린 다음에는 가해자, 피해자 모두가 당황하는 편이다. 처음부터 극단적인 상황에까지 도달할 계획은 아니었을 테니. 외상센터로 이송되는 중에도 그들은 머릿속으로 연구에 연구를 거듭한다. 나중에 처벌받을 수도 있다는 사실을 부정하기 위해서다. 자상 사고에서 가해자와 피해자가 친족 관계인 경우가 많기 때문일지도 모르겠다. 그렇게 자상에 대해 설명하는 '주옥같은' 멘트가 탄생한다.

"칼이 바닥에 똑바로 서 있었어요. 그런데 마침 내가 그 위로 넘어진 거죠. 그래서 칼이 그대로 내 배를 관통했어요."

"누가 그 칼을 거기에 세워 둔 거죠?"

"그건 몰라요."

"이 사람은 아무런 잘못이 없어요. 과일을 깎으려고 칼을 들고 있었을 뿐이죠. 내가 다가서는 바람에 실수로 그게 가슴에 꽂힌 거예요."

"다가서기만 했는데 꽂혔다고요?"

"자세한 건 기억이 안 나요."

"칼이 갑자기 찬장에서 떨어졌어요."

"그래서 하필이면 그게 환자 분의 갈비뼈 사이 공간으로 정확히 들어가 대흉근과 소흉근을 모두 제끼고, 심막까지 뚫은 다음에 심장근육에 닿았단 말입니까?"

"네. 맞아요, 정확해요."

차라리 칼이 저절로 날아와서 몸을 뚫었다는 게 더 나은 설명일 것 같다.

누군가에게 칼로 찔려, 근처 초등학교로 도움을 요청하러 들어갈 수밖에 없었던 환자가 이송된 적이 있었다. 심장이 멎기 일보 직전이었던 몸속 수많은 손상을 꿰매고 복원하는 데 장장 9시간이 걸렸다.

그다음 날 신문에는 구급대가 도착하기 전까지 환자를

돌본 보건교사의 활약과, 낯선 자가 초등학교로 난입하는 것을 막지 못한 경비원에 대한 지탄만이 있었다. 정작 환자를 살리기 위해 땀 흘려 가며 가슴 졸인 수십 명에 대한 언급은 없었다.

기도를 확보하고 환자를 실어 온 구급대원, 이송된 환자가 살아서 수술실까지 갈 수 있게 소생시켜 준 응급의학과 의료진과 응급 구조사, 혈액은행에서 O형 피를 들고 달려온 조무사, CT실 문을 잡고서 초조하게 기다리고 있던 영상 기사, 행여나 아까운 1초라도 허비할까 침대를 끌며 함께 뛰어 준 이송 기사, 무의식 상태와 혈압을 유지하기 위해 애쓴 마취과, 지체없이 수술할 수 있도록 어시스트한 스크럽 간호사들, 수술실 바닥의 흥건한 피를 묵묵히 닦아 준 청소 여사, 수술 후 상태가 악화될까 밤낮으로 간병한 중환자실과 병동 간호사들, 그리고 외상팀.

아무도 알아주지 않아도 우리는 괜찮았다. 제일 중요한 건 생명이니까.

그런데 왜 다 큰 어른들이 칼 가지고 싸울까. 말로 하면 될 것을.

범인은 외상센터 안에

"아버지, 아버지…."

코로나19는 병원의 많은 풍경을 바꿨다. 예전처럼 떼로 모여 우르르 입원한 친지나 직장 동료의 병문안을 오는 이들을 더 이상 볼 수 없었다. 면역력이 떨어진 환자에게 외부인 방문이 감염 위험을 높인다는 인식 때문이다. 하물며 중환자실에 누워 있는 이들에게 잠재적 감염원으로의 노출은 치명적이다. 때문에 본디 하루에 두 번 있던 중환자실 가족 면회 시간은 오랫동안 없던 일이 됐다. 그러나 예외적으로 면회가 허용되는 경우가 있다. 바로 환자가 임종을 맞이할 때다.

"아버지. 평생 우리에게 사랑을 나눠 줘서 고마웠어요.

그동안 아빠의 딸로 살아와서 행복했어요. 이제 고생한 거 다 잊고 천국으로 가요."

이미 심전도 모니터에 심장 리듬이 수평선을 그리고 있는 아버지의 이마에 입을 맞추며 딸이 나지막이 말했다. 아무리 산전수전 다 겪으며 닳고 닳은 나도 임종 면회를 지켜볼 땐 눈물이 핑 돌 때가 많다. 평소 화목하고 애틋한 가족이었던 것으로 추측될 경우 더더욱 높은 확률로 그렇다. 주변을 둘러보니 몇몇 간호사의 눈시울도 붉어져 있었다.

사후 처치를 위해 보호자를 내보내고 발관을 한 뒤 인공호흡기의 전원을 껐다. 아무도 보지 않는 틈을 타 고인의 감긴 눈 위에 손을 올리고 재빨리 주의 기도를 되뇌었다. 환자를 떠나보낼 때마다 행하는 나만의 의식이다.

"아유, 눈물 나서 혼났어요. 퇴근길에 아부지께 전화나 한 통 넣어야겠네요."

눈물 콧물을 짜다가 내게 들통난 것이 부끄러웠는지 괜스레 간호사가 너스레를 떤다. 모든 처치를 끝낸 뒤, 고인은 영안실 직원이 가져온 금장의 흰색 포로 꽁꽁 싸매어진 뒤 운구됐다. 그것이 마지막이었다.

＊ ＊ ＊

"62세 남환, 뺑소니 보행자 교통사고라는데요. 1번 소생실로 수용할까요?"

"그래. 몇 분 걸린대? 방금 라면에다 물 부었는데."

"지금 병원 정문 앞이래요."

라면은 우동 사리가 되어 내일 발견될 운명이었다.

'미리 현장에서 연락을 좀 주면 좋으련만 다 도착해서 전화를 주는 건 뭔지.'

구시렁대며 청진기를 챙겨 들고 사전 대기를 위해 소생실로 나갔다.

"맥박 거의 안 느껴지는데요? 초음파 보니 간 밑에 피가 많이 고였어요. 흉부 엑스레이는 괜찮고 머리에는 외관상 외상 없습니다."

"대량 수혈 개시. 레보아 준비해요."

인튜베이션을 하고 대퇴동맥에 쉬스[1]와 가이드 와이어[2]를 밀어 넣었다. 측정된 동맥 혈압이 드디어 심전도 모니터에 떴다. 혈압 62에 35. 엑스레이로 와이어 위치를 확인할 시간은 없었다.

같은 팀 의사가 능숙하게 풍선 카테터[3]를 건넸다. 카

[1] sheath, 관의 한 종류 [2] guide wire, 수술용 철사
[3] catheter, 체강이나 기관 등에 삽입하는 관

테터는 이미 대동맥에 위치한 와이어를 타고 부드럽게 들어 갔다. 혈압 59에 30. 생리식염수 20밀리리터로 대동맥 안의 풍선을 부풀렸다. 70에 43, 81에 50…. 드디어 올라간다. 식은땀이 삐질삐질 났다. 이걸로 얼마간은 벌 수 있게 됐다.

환자는 곧바로 수술실로 옮겨졌고 부서진 간 사이로 흐르는 피를 막기 위해 몇 땀의 일시 봉합과 거즈를 복강 내에 켜켜이 쌓아 두는 손상 통제술이 이루어졌다. 당장은 출혈을 막아야 살 수 있으므로 그렇게 대강 수술을 끝내는 것이다. 그가 외상 중환자실에서 만 하루를 무사히 버티면 다음 수술 때 거즈를 제거하고, 장기들은 온전한 모습을 되찾을 기회를 얻을 것이다.

"별로 안 좋은데…. 2차 수술까지 가긴 힘들겠어. 보호자 확보됐나요?"

"네. 따님 분 밖에 막 도착하셨대요."

"제가 만나 볼게요."

외상 중환자실 자동문이 열리자 환자의 딸로 보이는 여자가 초조하게 나를 기다리고 있는 모습이 보였다. 아마 여타 다른 보호자처럼 평온한 일상을 깨는 전화 한 통에 정신 없이 달려왔을 테지. 그런 것치고 그녀는 꽤나 행색이 정갈하고 침착해 보였다.

"아버님께서 지금 많이 안 좋은 상태입니다."

"어디가 얼마나 안 좋은 거죠?"

"저혈량성 쇼크가 이미 많이 진행된 채 수술을 시작했어요. 임시적인 방편으로 지혈에는 성공했으나 이제는 피가 응고되는 능력을 잃어버린 상태에요. 이미 승압제와 강심제도 최고 용량을 투여하고 있지만⋯."

"선생님. 우리 아빠 살아야 해요. 최선을 다해 주세요."

"네, 물론이죠. 저흰 최선을 다하고 있습니다. 다만 이미 신부전이 진행되어 소변이 나오지 않고 있습니다. 그렇다고 24시간 투석기를 부착하기엔 혈압이 너무 낮고요."

"아흐흑, 우리 아빠 어떡해."

그녀는 눈물을 훔치더니 이내 평정을 되찾고 말했다.

"그럼 투석기는 사용하지 말아 주세요. 위험할 수 있으니까요."

"네. 어차피 그 부분은 저희가 의학적으로 판단해서 진행할 거긴 합니다만."

예상대로 환자는 얼마 가지 않아 서맥[4]을 보이기 시작했다. 1분 동안 심장이 채 서른 번도 뛰질 않았다. 첫 번째 수술이 끝난 지 채 10시간도 되지 않은 시점이었다. 대량 출혈

[4] 심장박동이 매우 느린 것

은 막았지만 파종성[5] 혈관응고장애와 패혈증이 동시에 진행된 상태였기 때문에 어떠한 약제에도 반응하지 않았다. 그렇게 우리는 임종을 위한 아버지와 딸의 마지막 면회를 진행한 것이다.

그렇게 환자를 떠나보낸 지 사나흘쯤 흘렀을까. 그때 그렇게 허무하게 아버지를 보내야 했던 딸은 어떻게 지내고 있을지. 궁금해할 찰나도 없이 몰려드는 환자를 치료하며 외상센터의 일상은 또다시 그렇게 흘러가고 있었다.

여느 때처럼 회진을 돌기 위해 외상 중환자실로 들어섰는데, 갑자기 간호사 한 명이 나를 다급히 부르는 것이었다. 지난번 임종 때 나와 함께 눈물 콧물을 짰던 그녀였다.

"선생님, 선생님!"

"무슨 일인데 아침부터 뛰어오고 그래요?"

"그때 그 뺑소니 환자요. 방금 경찰서에서 연락이 왔는데…. 글쎄 임종 때 왔었던 그 딸이, 그 딸이 차로 아버지를 고의로 치고 달아났던 거래요. 딸이 범인이래요…!"

외로움의 농도

외로움은 어디에나 있고 누구에게나 온다. 찰나이지만 영원이기도 하다. 어떤 이에겐 찰과상 정도의 가벼운 상처고, 누군가에겐 생존의 위협이다.

인간은 누구나 외롭다. 다만 외로움의 농도 차가 있을 뿐. 외상센터 환자는 유독 그 농도가 짙다. 그도 그럴 것이 중증 외상은 대개 음주 사고나 자살, 산업재해와 연관된다.

끈적끈적 비 내리던 여름밤, 경운기 전복 사고로 내원한 여든다섯의 비쩍 마른 할아버지도 그랬다. 그에겐 보호자가 없었다. 혼자 경운기를 몰다 사고가 난 탓에 도랑에 처박혀 얼마나 방치됐는지 아는 이가 아무도 없었다.

척추와 골반 골절 부위엔 급성 출혈이 있었고 그의 의식은 흐렸다. 다행히 차트를 뒤지자 십 수년 전 진료 기록 구석에 적힌 아들의 연락처가 보였다. 긴 신호 끝에 들려온 대답은 매서웠다.

"전 그 사람 아버지로 안 치니까 다시는 나한테 전화하지 마세요."

그는 외로운 사람임이 분명했다.

다행히 혈관조영팀이 색전술[1]로 피를 잡았고, 다음 날이 되자 할아버지는 외상 중환자실이 쩌렁쩌렁 울리게 고함을 칠 수도 있게 됐다.

"아, 이거 못 풀어? 나 퍼뜩 집에 가 불라니까 다 빼 부러, 아서."

"할아버지. 집에는 어떻게 가실 건데요?"

"어쩔게 가기는. 내 발로 걸어가제!"

"그러시구나, 할아버지. 제가 다시 한 번 얘기하는데요. 흉추, 요추 다섯 개랑 다리뼈, 발가락뼈, 골반뼈가 싹 다 부러져서 절대 못 걸어가세요."

"건 내가 알아서, 집까지 뛰어갈랑께. 워째 가시나가 말이 많어?"

"지금 일어서면 전신 마비될 거라고도 제가 세 번쯤 말한 거 같네요. 어디 한번 가 보시던가."

"아, 이거 안 풀러?"

"네! 부처님, 예수님이 와도 안 풀어 드릴 거예요."

알아듣지 못할 육두문자가 뒤통수로 날아와 꽂혔지만 아무래도 상관없었다. 나는 그가 살아서 호흡하고, 소리치고 있음에 감사했다. 팔십 대 환자가 출혈성 쇼크에서 무탈하게 회복하는 일은 드문 일이니.

하지만 다시 경운기를 타는 일상으로 그를 돌려보내는 것은 다른 문제였다. 조각난 뼈를 맞추기 위해 적어도 서너 번의 수술과 기나긴 재활 치료가 필요할 테다.

무연고자가 치료받도록 사회 보호 시스템을 끌어오는 것은 내겐 익숙한 일이었다. 다만 필요한 것은 치료를 받겠다는 환자의 의지였다. 아주 작은 천명이어도 상관없었다. 하지만 그의 아들은 더 이상 내 전화를 받지 않았다.

"할아버지. 아드님과 통화했어요."

"…"

"아드님이 사정이 있어서 병원에 와 볼 순 없지만 아버지가 힘내서 치료 잘 받았으면 좋겠대요."

"…"

할아버지는 한참 말이 없었다.

"다행히 아드님 못 오셔도 우리가 도와 드릴 방법이 있다고 했어요."

"… 근데 개가 정말 그렇게 얘기했어?"

"그렇대도요. 그리고 저도 할아버지가 치료받으셨으면 좋겠어요. 그 다리로는 여기서 한 발자국도 못 걸어가요. 근데 다시 경운기 타셔야 되잖아요."

"그건 그려."

아들 이야기가 나오자 그는 처음으로 누그러졌다. 이마에 칭칭 감은 붕대 때문에 뜨기조차 힘든 두 눈이 약간 커졌다가 이내 풀어지며 젖어 오는 것도 같았다.

외로움의 농도가 조금은 옅어진 것이었을까? 아니면 나로 인해 더 짙어져 버렸을까? 이내 그가 눈을 질끈 감아 버려 더는 알 길이 없었다.

사람이 평생 느끼는 감정을 한 컵의 액체라 한다면, 그 컵들의 빛깔은 참으로 다양하리라. 《달러구트 꿈 백화점》에서처럼 다친 사람의 외로움을 방울방울 모아 따뜻한 액체로 바꿔 줄 수만 있다면 얼마나 좋을까. 상실감, 죄책감, 후회로 가득한 컵이 아니라 희망, 애틋함, 설렘, 자유로움의 빛깔이 채워진 컵으로.

하지만 외상외과 의사는 항상 기계와 사람의 경계에서 줄을 탄다. 신체의 치유에 집중하다 보면 정신적 치유에 소홀해질 수밖에 없다. 감정이란 보따리는 마음 한구석에 숨겨진다. 그럴 때 환자가 풍기는 농도 짙은 외로움은 나를 사람에 가까운 쪽으로 끌어당겨 준다. 그렇게 외로움에 대해 다시 생각해 본다.

사람은 누구나 외롭지만 꼭 혼자는 아니다. 알고 보면 더 그렇다.

코뿔소와 사자가 이송된 날

"충남 상황실입니다. 닥터 헬기 요청드립니다. 지역은 태안이고 승용차 대 트럭 교통사고로 40대 부부가 동시에 이송됐는데 둘 다 중증입니다. 남자 분이 운전자고요."

"헬기로는 한 번에 한 명만 가능해요. 두 분 중 누가 더 중증이죠?"

"그게…. 저희가 판단을 못 하겠습니다."

어려운 문제였다.

닥터 헬기라고 하면 아파치나 블랙호크 같은 어마어마한 헬기를 떠올릴지도 모르겠다. 하지만 이상과 현실 사이에는 괴리가 있다. 180센티미터 이상의 장신 환자는 닥터 헬기에서 다리를 펴고 누울 수 없다. 내부가 워낙 좁기 때문이다. 때문에 한쪽 벽면에 완전히 밀착해서 약간 구겨진 채로 이송된다. 그런데 벽면 쪽 가슴에 갑자기 긴장성 기흉이라도 발생한다면….

"뭐라는 거야! 당장 흉관 삽입해야지. 그걸 질문이라고."

응급 의료 종사자거나 의사라면 이렇게 대답할 것이다. 1초의 망설임 없이. 그런데 닥터 헬기에서는 못 한다. 할 줄 몰라서가 아니라 내부가 좁아서 못 한다. 그저 산소나 주입하며 빨리 병원에 도착하길 기도하는 수밖에. 이게 닥터 헬기의 현실이다.

전해 듣기로 부부 환자의 의식 수준은 기면 상태로 비슷했으며, 동공반사에 이상은 없었다. 남성 환자의 배에는 벨트 모양대로 피멍이 났고 복통을 호소한다고 했다. 응급 초음파상으로는 복강 안에 피가 고여 있긴 하나, 소량이고 아직까진 수축기 혈압이 100 이상 나온다고 했다.

조수석에 앉아 있던 여성 환자는 대시보드에 흉부를 부딪혀 동요흉[1]을 보이고 있었다. 마스크 산소를 최대로 공급해도 산소 포화도는 70퍼센트대에 머물렀다.

"여자 분 먼저 보내 주세요. 인튜베이션 해 주실 거죠? 남

[1] flail chest. 네 개 이상의 늑골 또는 늑연골이 양측으로 골절되어 흉벽의 운동이 반대로 일어나는 경우

자 분도 지체하지 말고 육로로 함께 출발시켜 주세요."

두 환자를 직접 보지도 않고 누가 더 중증인지 결정하는 일은 위험하다. 만약 남성 환자 뱃속에 고인 피가 5분 뒤 엄청나게 늘어난다면. 전복강에는 피가 별로 없지만 알고 보니 후복강 손상을 입었다면…. 소설을 쓰자면 끝도 없지만 그럴 시간에 누가 됐든 빨리 출발시키는 편이 낫다.

초조하게 헬기를 기다리고 있는데 아니나 다를까. 상황실에서 다시 전화가 걸려 왔다.

"남자 분 혈압이 70까지 떨어졌다고 합니다. 어떡하죠?"

"아니! 왜 아직도 출발 안 시킨 거죠? 헬기는 이미 이륙한 거죠?"

"네. 우선 여자 분은 헬기 탔습니다. 근처 다른 소방 헬기라도 급구해 보겠습니다."

먼저 도착한 여성 환자는 즉시 혈기흉[2]에 대해 양쪽 흉관 삽입과 대량 수혈을 시행받고 안정화됐다. 복장뼈[3] 골절이 심해 심장 타박상도 의심되는 상황이었다. 즉시 외상 중환자실로 옮겨 심장 효소 검사 등 필요한 조치를 취했다.

여성 환자를 소생시키면서도 머릿속 다른 한편에는 공수하던 소방 헬기가 어찌 된 것인지 걱정이 가득했다.

"소방 헬기 출발한 것 맞나요? 왜 남자 분은 소식이 없

[2] 폐를 덮는 두 조직 층 사이에 공기나 혈액이 들어오는 경우
[3] 가슴 앞 한가운데 세로로 있는 뼈

는 거죠?"

"확인해 보겠습니다."

결국 남성 환자는 여성 환자가 도착한 시간으로부터 1시
간 반이 지나서야 인계점에 도달했다. 진작 육로로 오는 편이
더 빨랐을 것 같았지만, 누가 잘했고 잘못했는지 따져 물을
여유가 없었다.

서둘러 그의 복부에 초음파 프로브를 갖다 댔다. 다행
히도 복강 내 피의 양은 전화로 들었던 것과 큰 차이가 없는
듯했다. 그렇다면 왜 혈압이 떨어진 걸까. 매의 눈으로 전신
CT 스캔을 훑어 내려가기 시작했다.

간에 3~4도 정도의 열상이 있긴 했지만 현성 출혈[4]은
없었다. 다발성 요추 골절이 발생하며 동반된 요동맥 출혈이
더 주요한 원인이었다. 앤지오[5]로 피를 멈추게 하기 위해 혈
관조영팀을 호출했다. 우리 병원엔 하이브리드 ER[6]이 없기
에 이 단계에서 1시간 정도 더 지체됐다. 어쨌든 시술은 무사
히 마무리되었고, 그렇게 부부 환자의 운명은 불행에서 다행
으로 반전되는 듯해 보였다.

여성 환자는 하루하루 차도를 보였다. 좌우 가슴에 박힌
흉관을 하나씩 제거했고, 입원 닷새째에는 인공호흡기도 뗄
수 있었다.

[4] 지속적으로 발생 중인 출혈
[5] angioembolization, 동맥혈관색전술
[6] 응급실 침대와 CT, 혈관 조영 기계가 일체화되어 초응급 시술을
시행토록 하는 시스템

문제는 남성 환자였다. 알고 보니 그는 기저 질환으로 중등도의 바이러스성 간경화를 앓고 있었다. 나이에 비해 노후한 혈관의 상태가 그제야 이해됐다. 저혈량성 쇼크에서 흔히 동반되는 일시적 간부전이 지독하게 이어졌다. 간세포가 깨진 정도를 보여 주는 빨간색 숫자는 매일 높은 수치로 갱신됐다.

매일 아침, 나는 그의 어머니에게 전화로 그의 상태를 전달했다. 그녀는 설명을 곧잘 이해했다. 일찍 부모를 여읜 며느리가 무사히 회복함에 안도하면서도, 아들에 대한 희망을 잃지 않았다.

처음에는 나도 희망을 얘기했다. 하지만 간부전이 매섭게 악화됐고 병원성 폐렴까지 공격하기 시작했다. 제 기능을 잃어버린 그의 간은 물귀신처럼 다른 장기도 하나둘씩 망가뜨렸다. 이제는 패배를 인정해야 할 때였다.

"마음의 준비를 하셔야 할 것 같습니다."

내 말의 뜻을 알아들은 그의 어머니는 한달음에 병원으로 달려왔다. 2주가 넘도록 매일 아침 긴 대화를 나눴기에 우린 서로에 대해 어느 정도 이해할 수 있었지만, 아들을 떠나보내야 할지 모르는 어머니의 심정까지 내가 온전히 헤아릴 순 없었다. 나 따위는 감히 상상도 할 수 없을 커다란 아픔일 터였다. 그리고 다음 날 아침, 무심하게도 그는 다발성 장기 부전으로 세상을 떠났다.

그로부터 3주 뒤, 나는 남성 환자의 어머니를 다시 만났다. 그녀는 일반 병동으로 옮겨진 며느리를 간병하고 있었다. 여성 환자는 정형외과적 수술을 더 받느라 남편 장례식에도 참석하지 못했다. 슬픔에 잠겨 있을 법도 했는데, 여성 환자는 남겨진 아이들을 위해 남편 몫까지 씩씩하게 살아가기로 마음먹었다고 했다. 너무 무겁지만은 않은 분위기로 나를 맞아주는 둘이 참 애틋하고 고마웠다.

"뭐라고 위로의 말씀을 드려야 할지 모르겠어요. 그날은 워낙 경황이 없었어서…."

"괜찮아요. 사실 나중에 장례를 치른 뒤에 처음 이송됐던 병원을 통해 전해 들었어요. 헬기로 두 사람을 이송할 때 선생님이 어려운 선택을 하셔야만 했다고요."

그녀는 나를 복도로 이끈 뒤 대화를 이어 나갔다. 며느리가 그 이상의 대화를 듣지 못하도록.

"제가 사실, 젊었을 때 수의사였답니다. 대학병원에서 대동물 전문이었지요. 내가 아직도 생생히 기억하는 밤이 있어요. 동물원에서 질식한 아기 코뿔소와 토혈하는 암사자가 동시에 이송된 날이었죠. 그날 대동물 수의사는 나뿐이었기에 선택을 해야 했어요. 그날 내린 선택과 따라온 결과에 대해 두고두고 자책했고 괴로웠습니다. 하물며 선생님은 매일 사람을 대상으로 그런 고민을 하시는 거잖아요. 정말 대단하고 존경해요. 그날의 선택에 대해 아무런 생각도 하지 마세요. 선생님은 선택을 잘하신 겁니다."

아들을 잃은 세상 어느 부모가 이렇게 관대할 수 있단 말인가. 나도 모르게 그간의 노고와 고뇌가 한꺼번에 치유되는 느낌이 들어 눈물을 줄줄 흘리고야 말았다.

그녀는 동물을 진심으로 사랑하는 수의사였다. 생명을 최우선의 가치로 두고 늘 치료 대상에 애정을 쏟는다는 점에서 우리 둘에겐 공통점이 있었다. 이제 선택의 갈림길에 설 때마다 나는 '코뿔소와 사자'를 떠올리곤 한다.

'미세 천공이 의심되는데 좀 더 지켜볼까, 바로 수술을 할까?'

'수술을 한다면 복강경으로 해야 할까, 개복으로 하는 것이 나을까?'

'이미 항생제를 세 가지나 쓰고 있는데, 하나를 더 추가해야 할까, 아닐까?'

의사라면 누구나 하루에 수십 번씩 시험에 든다. 그러다 일종의 책임 의식을 가지고 어려운 선택을 내린다. 나중에 결과만 놓고 봤을 때 그 선택은 옳았을 수도, 틀렸을 수도 있다. 그렇다면 틀린 선택을 내린 의사는 나쁜 의사일까. 형사 처벌을 받아야 마땅할까. 똑똑한 의사라고 옳은 선택만을 내릴 수 있을까. 이는 신의 영역이기에 불가능하다.

처음 의사 가운을 입고 외운 선서 내용을 나는 기억한다. 인간의 존엄성을 이해하고, 아픈 자의 고통에 공감하려 노력하며, 사명감으로 마지막까지 환자 곁을 지켜야 한다는 것. 이러한 정신으로 자신의 자리를 묵묵히 지키는 의사가 이 땅엔 아직 많이 존재한다. 누가 알아주지 않아도 좋다.

우리는 오늘도 코뿔소와 사자를 모두 살리고 싶을 뿐이니까.

돈이 어딨다고 헬멧을 사 줍니까

"엄마도 없고, 아빠도 없고, 형제도 없고, 할머니나 할아버지도 없다고요? 그럼 사촌은?"

"없대요. 아~무도 없대요."

수술을 마치고 급히 나와, 경과 설명을 들을 환자 가족을 찾아봤지만 아무도 없단다. 텅 비어 있는 수술실 입구를 보니 왠지 머쓱했다.

"잘 끝났으니 됐지, 뭐. 환자 병동으로 옮겨 주세요."

아직 청소년 티를 벗지 못한 이 스무 살 '녀석'은 피자를 배달하던 중 유턴하던 자동차와 충돌했다. 헬멧이 박살 날 정도였는데 머리가 크게 다치지 않은 걸 보면 헬멧은 제 할 일을 다하고 운명한 셈이다. 복부 둔상[1]으로 인한 장간막 찢김도 심하진 않았기에 수술은 어렵지 않게 끝났다.

"아! 아프다고! 그만하라고 좀!"

"그럼 수술했는데 아프지 안 아프냐? 네가 반말하니까 나도 반말한다."

사연을 듣고 안타까웠던 마음도 잠시. 소독할 때도, 초음파검사를 할 때도 녀석이 하도 반항을 해 대는 통에 확 쥐어박고 싶은 때가 한두 번이 아니었다.

갈비뼈에 짓눌려 생긴 간 열상도 있었기 때문에 초음파로 복강 내 피의 양이 늘지는 않는지, 헤모글로빈 수치가 떨어지지 않는지 매일 체크하는 것이 필요했다. 제법 센 무통주사가 정맥으로 주입됐지만, 오른쪽 가슴에 초음파 프로브를 갖다 대기만 해도 녀석은 악을 썼다. 엄살을 바둑 단급으로 비유하면 프로 8단 정도 됐다.

그렇게 전쟁 같은 1주를 보내고 나니, 부러진 갈비뼈가 어느 정도 붙으며 녀석은 통증이 좀 잦아든 모양이었다. 복부에 생겼던 칼자국도 어느새 흐려지고 있었다.

"선생님, 지난번에 소리 질러서 죄송했어요. 그땐 뵈는

게 없어 가지고…."

"허이고. 너 때문에 얼마나 많은 사람들이 애먹었는지 알아? 다 도와주려는 사람들인데."

"죄송하다니깐요. 우와, 근데 이거 펄떡거리는 거, 이거 뭐예요? 혹시 심장이에요? 대박~신기하다."

초음파검사 중 대뜸 화면을 가리키며 녀석이 하는 말이었다.

"그래, 심장이다. 그 밑에 하얀 건 횡격막이고 이건 콩팥. 아주 멀쩡하게 제자리에 잘 있다."

"대박~."

"이제 거의 사고 나기 전만큼 건강해졌으니까 내일쯤 퇴원해."

퇴원 이야기가 나오니 연신 '대박'을 외치며 눈을 반짝이던 녀석이 다시 시무룩 모드로 바뀌었다. 아무도 없는 집으로 돌아가려니 허전할 터였다. 그러나 급성기 치료[2]를 끝낸 환자가 대학병원에 오래 입원할 이유는 없다. 떠날 사람은 떠나야 한다.

"뭐 더 궁금한 건 없니?"

"저…. 오토바이 언제부터 타도 돼요?"

"꼭 바로 타야 해?"

하루 9시간 이상 배달 일을 하다가 응급수술을 받을 만큼 큰 사고가 났건만, 녀석 머릿속은 오로지 언제 다시 일을 할지에 대한 생각으로 가득했다.

"퇴원하더라도 좀 더 쉴 수 있음 좋을 텐데. 필요하면 소견서 써 줄 테니 사장님께 잘 말씀드려 봐."

"씨알도 안 먹힐 걸요. 근데, 저 이제 하나도 안 아파서 괜찮아요."

1주 전의 엄살쟁이는 어디로 가고, 이제 자신이 얼마나 멀쩡한지를 주장하는 상황이라니. 웃음이 나오면서도 마음이 아려 왔다.

"교수님, 애 언제부터 오토바이 다시 타나요? 지금 바로 타도 되는 거죠?"

2주 전에 들었던 것과 똑같은 질문이었다. 그런데 이번엔 다른 사람의 입에서 나왔다. 녀석의 퇴원 후 첫 외래 진료 때 같이 온, 그 말로만 듣던 사장이었다.

"그건 사장님이 결정할 사항은 아닌 것 같은데요. 헬멧은 다시 사 주셨나요?"

"아유, 교수님. 돈이 어딨다고 헬멧을 사 줍니까. 네가 사서 써. 인마."

"꼭 튼튼하고 좋은 걸로 사 주세요."

나는 해야 할 말만 했다. 기대한 대답이 나오지 않을 것임을 알았기에. 사장은 어이가 없다는 듯 진료실을 떠났고, 녀석도 황급히 그 뒤를 따라 나갔다.

한 3분 정도 흘렀을까. 다시 진료실 문이 열리더니 그 틈새로 녀석의 머리만 쏙 들어왔다.

"선생님 같은 누나가 있었음 좋겠어요. 진짜로요."

엉덩이 선생님

뒤늦게 응급실 6구역에 도착했다. 소생실에 훨씬 더 위급한 환자가 있었기에, 상대적으로 안정적인 상태로 6구역에 누워 있는 이 환자는 나를 만나기 위해 2시간 이상을 기다려야만 했다.

"어느 나라 사람이라고요?"

"우즈벡이요."

"한국어 할 줄 아시던가요?"

"아니. 전혀요…."

난감한 상황이었다. 보통 한국어를 할 줄 모르는 외국인이 오면 동료라던가 상사가 한 명씩 따라붙기 마련인데. 어찌 된 일인지 그날은 덜렁 나 혼자였다.

엉덩이를 움찔거리며 비스듬히 누워 있는 우즈베키스탄인 환자의 하의를 내리고 아슬아슬하게 항문을 빗겨 나간 엉덩이 관통상을 관찰했다. 공사장에서 날카로운 철근에 찔린 상처라 했다. 철근이 얼마나 깊이 들어갔는지, 철근을 누가 다시 뽑아냈는지 물어보고 싶은 게 태산이었지만 의사소통에 문제가 있었다.

아무도 도와줄 이가 없었으므로 스마트폰을 활용하기로 했다. 처음 설치한 앱은 내가 하고 싶은 말을 하면 번역해 음성으로 내보냈다. 뭐라고 쫠라쫠라 소리를 내며 앱은 아주 훌륭히 미션을 수행하는 듯했다. 그런데 정작 듣는 사람은 무슨 말인지 전혀 못 알아듣겠다는 표정을 지을 뿐이었다.

'뭐야, 이거 쓸모없는 앱이잖아.'

결국 타자를 쳐야 하는 기존 번역기를 쓸 수밖에 없었다.

'당신이 우즈베키스탄 사람이 맞습니까. 이 글을 알아보겠나요?'

번역한 문장을 화면에 띄우자, 그제야 우즈베키스탄인 환자는 고개를 끄덕이며 환한 미소를 지었다. 영상 검사를 토대로 봤을 때, 다행히 철근은 직장을 찢거나 배변 활동에 관여하는 주요한 근육을 손상시키진 않은 듯했다. 참으로 다행이었다.

　최대한 관통상을 벌리고 베타딘[1]을 희석한 생리식염수로 아주 깊은 곳까지 세척했다. 마지막으로는 실리콘으로 만든 배액관[2]을 밀어 넣고서 다시 밀려나지 않게 수처[3]로 고정시켰다.

　이러저러한 연유로, 오전 회진 때마다 나는 이 우즈베키스탄인 환자와 가장 긴 시간을 보낼 수밖에 없었다. 하지만 그 시간 동안에는 아무런 대화도 없었다. 서로 스마트폰 화면을 두드리는 타격음만이 숨 가쁘게 오갈 뿐.

　'어제는 좌욕을 몇 번 했나요?'

　'세 번을 했습니다. 그것보다 더 자주 해야 한다는 것이 당신의 생각입니까?'

　'아니에요. 그거면 충분해요. 거즈에 더러운 액체가 많이 묻어나지는 않나요?'

　'더러운 액체라 한다면, 그것의 기준은 어떻게 됩니까?'

　'붉은색 말고 누런색이요. 더러운 액체는 보통 끈적이고 고약한 냄새를 풍기죠.'

　'그렇다면 나는 그 더러운 액체 섭취하지를 않았습니다.'

　번역기를 통해서만 대화를 나누니 대화의 퀄리티가 썩

[1] betadine, 포비돈-아이오딘 성분의 소독약
[2] 괴사된 조직이나 외부 물질을 빼내기 위해 삽입하는 관
[3] suture, 상처나 수술 부위를 봉합하는 일

만족스럽진 못했다. 엉뚱한 대답이 돌아와 내 의도가 제대로 전달되는 게 맞나 의심스러운 때도 있었다. 그래도 거시적 관점에선 같은 방향을 향해 가는 건 맞아 보였다. 철근으로 뚫렸던 그의 엉덩이에도 조금씩 살이 차오르기 시작했다.

더 이상은 배액관을 타고 흘러나오는 더러운 액체가 없어지자, 우즈베키스탄인 환자는 퇴원을 맞이하게 됐다. 그와 마지막 스마트폰 대화를 나누기 위해 병실에 들렀다. 한참 짐을 정리하던 그는 나를 보더니 90도로 허리를 숙이고 자신 있게 외쳤다.

"엉덩이 선생님, 감사합니다!"

이놈의 번역기는 마지막까지 제 임무를 다하지 못했다.

의사는 신이 아니거늘

그날도 '일상적으로' CPR 중이었다. 외상팀은 심장이 멎은 팔십 대 노인 환자에게 3분마다 에피네프린을 투여하고, 2분마다 경동맥을 체크했으며, 사이클당 서른 번의 가슴 압박을 했다. 위중한 상황이었지만 자주 있는 일이기에 모두가 능숙하게 각자 할 일에 집중했다.

"선생님. 다음 에피(네프린) 주사할까요? 여섯 번 들어갔어요."

사실 20분이면 CPR치고 오래 한 건 아니었다. 그리고 에피네프린은 프로토콜에 따라 자동으로 투여된다. 그러니 이 질문은 도저히 희망이 없어 보이는 환자에게 CPR을 언제까지 할지 결정해 달라는 다그침의 완곡한 표현이다.

"한 번 더 주고, 일단 가슴 압박은 계속해 주세요. 보호자랑 얘기해 볼게요."

보호자 면담을 위해 차트를 열어 빠른 속도로 환자 정보 조사지를 훑어 내려갔다.

입원 동기: 비가 와서 옥상에서 빨래 걷다가
지붕 아래로 5미터 추락
결혼 유무: 사별
읽고 쓰기 능력: 불가
보호자: 아들

"어머님께서 지금 심정지 상태입니다."

환자의 아들은 말없이 멍하게 벽을 응시하고 있었다. 다급하게 오느라 가빠진 숨이 아직 가라앉지 않았음을 들썩이는 그의 등을 보고 알 수 있었다.

"보통은 30분 정도까지 해 보고, 심장박동이 돌아오지 않으면 심폐소생술을 중지하게 됩니다. 이렇게 설명을 드린 이유는 심폐소생술을 지속하기 위해선 보호자 분의 의사가 중요하기 때문입니다."

사실, CPR을 언제까지 해야 한다는 법은 없다. 의학 책에는 매 2분마다 의사가 결정하라고 적혀 있을 뿐. 외상 환자의 경우, 손상 이후 경과한 시간과 그 손상의 정도가 중단 여부를 판단하는 근거가 된다.

"현재 어머님께선 수술방에서 이미 복강동맥이라는 큰 혈관이 완전히 파열된 것으로 확인된 상황이라, 심폐소생술을 지속하는 게 큰 의미는 없습니다. 피를 쥐어짜기 위해 자동 심폐소생술 기계가 매우 강한 힘으로 가슴을 압박하고 있는데 지금 많이 아프실 거예요…."

목석처럼 서 있던 그가 팔을 들어 눈물을 한 번 훔쳤지만, 나는 설명을 이어 나갔다.

"사고가 난 지 얼마 안 됐거나 수술로 어느 정도 손상을 복구했을 경우에는 심장이 돌아올 수도 있기에 저희가 보호자 분께 중단 여부를 묻지도 않습니다. 그때는 누가 그만하라 해도 무조건 계속합니다. 그렇지만 지금은 그런 상황은 아닙니다."

환자의 사고가 발생한 곳은 우리 권역이 아니었다. 권역외상센터를 설립한 의도는 해당 권역에서 발생한 중증 외상을 각 외상센터가 커버할 수 있게끔 하자는 것이었다. 이국종 교수님 붐에 힘입어 처음에는 권역외상센터가 잘 돌아가는 듯했다.

그러나 제 기능을 하지 못하는 외상센터가 하나둘 생겼다. 엄청난 노동강도, 한참을 밑도는 처우에 의사는 사직서를 내기 일쑤였고, 똑똑한 새내기들은 생명을 다루는 일을 하려 하질 않는다. 외상센터의 붕괴는 당연한 수순이었다. 외상센터의 붕괴로 피해를 입는 것은 당연히 환자다.

　　오늘 환자를 구조한 구급대는 근처에 도저히 수용 가능한 병원이 없다며 제발 받아 달라고 애원하기까지 했었다. 그렇게 사고 발생 후 100여 분이 지나서야 환자가 소생실에 도착한 것이다.

　　"퓌식, 쿵, 퓌식, 쿵~."

　　"25분 경과!"

　　누군가 나오며 외상 중환자실 자동문이 잠시 열렸다. 문틈 너머로 CPR 기계가 작동하는 소리가 어렴풋이 들려왔다. 그때까지도 환자의 아들은 아무런 말이 없었다. 이런 극한 상황에서 환자 가족과 마주하는 게 매우 압박이었던 때가 내게도 있었다. 보호자가 울면 나도 함께 울기도 했다. 생전 처음 보는 사람에게 당신 가족이 곧 사망할 것이라는 말을 전하는 데 익숙해지기까지는 꽤나 오랜 시간이 걸렸다.

　　하지만 환자를 살리는 데 의사의 감상은 아무짝에도 쓸

모가 없다는 결론을 내린 뒤로는 눈물을 집어삼킬 줄도 알게 됐다. 그의 눈에 지금의 나는 어쩌면 감정이 없는 로봇처럼 비칠지도 모른다.

"선생님, 제발…. 심폐소생술을 멈추지 말아 주세요. 제발 부탁드립니다."

그는 꺼억꺼억 소리를 토해 내며 오열하기 시작했다.

"5년 전에 우리 아버지께서 돌아가셨어요. 그때도 의사가 제게 심폐소생술 중단을 결정하라고 했습니다. 그만해 달라고 했어요. 그런데 그 결정을 5년간 미칠 듯이 후회했습니다. 시간을 다시 돌리고만 싶었어요. 선생님 말씀이 무슨 말인지 다 압니다. 무슨 상황인지 정확히 이해하고 있어요. 그래도, 그래도, 조금만 더 해 봐 주세요 선생님. 제발요…."

＊ ＊ ＊

의과대학에서 알려 주지 않는 것들이 있다. 남겨진 이들의 아픔이다. 고인이 떠난 뒤 유족의 아픔을 어떤 식으로 이해하고 보듬어 줘야 하는지는 배운 바 없다. 그러다 보니 대부분의 의사는 마치 앞만 보고 달리는 경주마처럼 치료 자체에만 집중하는 경우가 많다. 이걸 잘못한다고 비판할 이는 아무도 없다.

하지만 의사는 신이 아니거늘. 어찌 사람의 죽고 삶을 쉬이 결정할 수 있을까. 나는 어느새 가위로 실을 잘라 사람의 수명을 결정한 죽음의 신 아트로포스가 되어 가고 있었던 건 아닐까.

"네. 그럼 멈추지 않고 더 해 볼게요."

그대로 외상 중환자실로 들어가려다 말고 울음으로 들썩이는 환자 아들의 등을 토닥이며 말했다.

"5년 전 그날의 아버님께선 아드님께 고마워하셨을 겁니다."

누구나, 노인이 된다

"의사 선생. 거 손 좀 풀어 주고 내 말 들어 보소. 내가 정신 나가서 이랬다 생각하면 곤란해. 몸뚱이가 성치 않아 그렇지 정신은 또렷하거든. 나는 이제 가야 해. 세상 떠야 한 다고. 이만 좀 보내 줘.

내가 중정부장 ○○ 씨 저택에서 평생을 일했어. 청년 시 절부터 꼬부랑 노인이 될 때까지 일생을 다 바쳤다고. 그 집 이 얼마나 큰지 아나? 수만 평이 되는 대지를 내가 다 관리했 어. 여기 이 손가락 관절들이 하나하나 다 굽도록 말이야. 그 런데 권력이라는 게 다 무용한 거야. 날던 새도 떨어뜨리던 나라님도 때가 되니 늙고 병들어 죽더군. 아 박정희의 오른팔인 게 다 무슨 소용이야. 주인 양반이 그래 죽고 나니 허드 렛일이나 하던 나 같은 일꾼들은 이제 전부 나가라더군. 그런데 내가 뭐 할 줄 아는 게 있겠어? 평생을 그 집에서 죽어라 일만 했는데. 남은 건 늙고 병든 육신밖엔 없었던 거지.

와중에 우리 할멈은 시름시름 앓기 시작했어. 악성으로 다가 뭐가 생겼는데, 치료도 안 된다대. 이제사 남은 생 함께 보내나 했는데, 좋아질까 싶어 똥오줌 다 받아 내며 간병을 했지. 이 병원 저 병원 전전하다 결국 영원히 갔어. 참으로 허망하데. 성치 않은 몸으로 3년을 간병하고 나니 내 몸도 더 안 좋아졌어. 더 이상 소일거리도 할 수가 없드만. 그때부턴 아들딸 집을 전전하기 시작했지. 그래도 내 몸 갈아 가며 먹여 살린 자식들이니까. 우리 자식들은 그래도 다 착해. 아들딸들, 손주들 보며 사는 재미도 한동안은 괜찮았어. 그런데 그렇게 사는 것도 하루 이틀이야.

한 해, 두 해가 흐르고. 그러면 이제 눈치라는 게 보여. 밥 때가 되면 밥상에 밥은 차려져 있어. 노인네 굶길 수는 없으니 저들 나가면서 뭐라도 채려 놓는 거지. 그게 점차 번거로워지는 게 내 눈에도 보여. 서로 대화도 없어져. 그러면 이제

아들 집에서 딸 집으로 옮겨 가는 거야. 딸 집에서도 첫 며칠
은 그렇게 저렇게 지내. 그런데 또 짐짝 되는 것 같으면 다시
아들 집으로 쫓겨 가. 옮기는 간격이 점차로 짧아지는 거지.

그러던 와중에 아들놈이 은퇴농장이라는 데로 나를 보
냈어. 노인들끼리 모여 살며 이것저것 경작하는 건데. 아, 처
음 몇 년은 그것도 재미지더라고. 야채 같은 거 수확하면 사
장이라는 사람이 적은 액수지만 돈도 쥐어 주거든. 이렇게 지
내다 생을 마감하는 것도 괜찮겠다 생각을 했어.

그런데 웬걸. 온몸의 뼈마디가 다 아파지니 이제 그것조
차 할 수가 없는 거라. 밭에다 물 주는 그 단순한 일이, 되지
가 않아. 병원엘 가도 방법이 없대. 그러면 이제 생각이 드는
거야. 아, 나는 이제 하등 쓸모가 없구나. 이 몸뚱이로는 할
수 있는 게 아무것도 없구나. 그렇게 농장을 탈출해 버스를
타고 중정부장 저택으로 다시 가 봤어. 내가 어디 달리 갈 데
가 있었겠어? 평생을 거기서 일했으니, 이제는 거기가 내 고
향 같고 그런 거야. 그런데 그 으리으리했던 저택이 전부 다
폐허처럼 변해 있었어. 완전 폐가가 됐더라고.

그걸 보는데 눈물이 멈추질 않는 거야. 그때까지도 내가 그렇게 서럽게 울진 않았거든. 그런데 내 평생을 바쳐 가꿨던 곳조차 그리된 걸 보니 더는 참아지지가 않더라고. 계단이며 창틀이며, 늘 윤이 나고 빛이 나게 해 놨었는데. 세월이라는 게 무서워. 내 바스러진 몸뚱이보다 더 처참한 광경이었다네. 부서진 계단참에 밤을 새워 앉아 있는데 아들놈이 왔어. 요양 병원에라도 가라고 하더군. 내가 요양 병원서 우리 할멈의 마지막이 얼마나 처참했는지 두 눈 똑똑히 본 사람이야. 그럴 순 없다고 하니 다시 농장으로 데려다주더이다.

그때 확실하게 생각했어. 그냥 세상을 뜨자. 늙고 병든 몸으로는 더 이상 살 가치가 없다. 움직일 힘이라도 남아 있을 때 뜨자. 내가 그렇게 장고 끝에 마음먹은 거야. 그러니까 의사 선생. 나 살려 주지 마. 그냥 제발 떠나게 해 주라고."

장검이 찢은 그의 살점과 위장은 수술을 통해 모두 복원되고 말았다. 나의 두 손이 최선을 다해 그렇게 만들어 버렸다. 그리고 노인은 결국, 그가 그토록 가기 싫어했던 요양 병원으로 전원됐다.

하루 평균 9.86명의 노인이 자살로 생을 마감한다. 이것은 2016년의 통계니, 오늘 하루엔 더 많은 노인이 스스로 세상을 떠났을 것이다. 아주 확실하게도 노인 자살은 최근 더 급격하게 늘었다. 고령화에 코로나19까지. 그나마 서로를 다독이던 동료 노인과의 단절은 이 과정에서 매우 핵심적인 요인을 제공했다. 이제 외상센터에서 자살에 성공했거나 또는 성공하지 못한 그들을 맞이하는 일은 흔한 일이 되어 버렸다.

노인이 자살을 감행하는 이유는 배우자의 사망이나 경제적·신체적 문제도 있지만 결국 그 기저에는 '외로움'이 있다. 고독, 고립, 소외 등의 단어와 흔히 혼용되지만 그중에서도 외로움은 좀 다르다. 뭐랄까, 고독에 비해 비자발적으로, 여지없이 그런 상태에 처한다는 수동의 의미가 더 담겨 있다.

노인이 되면 일상생활 수행 능력이 떨어진다. 사람으로서 자립적인 생활을 수행하기 위해 필요한 아주 기초적인 활동이 되지 않는 것이다. 결국 노인은 타인의 도움을 지속적으로 필요로 할 수밖에 없다. 그 과정 속에 노인은 스스로를 점점 부정적으로 인식하고, 이 우울감은 곧 외로움과 버무려져 결국 자살 생각에까지 이르게 된다.

이러나 저러나 우리는 모두, 결국 노인이 된다. 여기에는 예외가 없다. 유기체로 이루어진 숨 쉬는 동물이라면 누구나 그렇다. 인생의 마지막 장을 향해 달릴 때, 외로움이라는 딱지는 필연적으로 따라붙는다.

자살하는 사람은 그 일을 감행하기 전, 분명 평소와는 다른 행동을 보이거나 이를 암시하는 메시지를 남긴다. 따라서 자살 시도를 막기 위해서는 주변인의 게이트키퍼 역할이 중요하다. 가장 바람직한 것은 전문가로부터 도움을 받게 해주는 것이지만, 그저 무심한 듯 따뜻한 말 한마디만으로도 자살 사고의 고리가 끊어지기도 한다. 하지만 현실은 대부분의 사람이 위기에 처한 그들에게 쓸데없는 말을 한다며 화를 내게 된다는 것이다.

노인의 경우 그들에게 화를 내는 주체는 대부분 자식이다. 노인이 자살을 생각하고, 기획해 실행하는 것을 사회적으로 비난해서는 안 된다. 사회적·제도적 도움이 그들을 세상에 더 머무르게 하려면 오랜 시간이 소요된다. 오히려 개인적인 도움은 즉시 줄 수 있다.

지금 내 부모님 혹은 사랑하는 내 할머니, 할아버지가 구원을 필요로 하고 있을지도 모른다. 가깝거나 먼 미래에 우리도 그들과 같은 처지에 처한다.

누구나, 노인이 된다.

Chapter 2

똑같은 환자가 없듯이

반갑다, 친구야

'저런, 얼마나 삶이 힘들었으면. 지금 토니켓[1] 압력 괜찮겠지? 수혈도 했고, 골반 고정대 감았고…. 혈관조영실에선 왜 연락이 안 오지? 그런데 인대가 좀 많이 끊어진 것 같네. 빨리 정형외과 연락해야겠다.'

처음엔 수많은 자해 환자 중 한 명이라고 생각했다.

"어○○ 님! 어○○ 님! 오른쪽 손가락 움직여 보세요."

환자 처치에 대한 생각이 꼬리에 꼬리를 물고 있는데, 한 전공의 선생이 환자 이름을 크게 불러 대는 바람에 그 흐름은 끊기고야 말았다. 그런데 환자 이름이….

"환자, 혹시 몇 년생이에요?"

[1] tourniquet, 지혈대

"80년 생이요. 교수님."

아…. 25년간 잊고 지냈던 이름인데도 순식간에 그 시절 기억이 소환됐다. 혹시나 하는 마음에 사고 장소를 확인했다. 천안시 ○○동. 내가 초등학교를 다녔던 동네다. 추리의 마지막 조각은 소식을 듣고 헐레벌떡 응급실로 달려온 보호자를 보는 순간 온전히 맞춰졌다.

나는 환자의 어머니를 정확하게 기억하고 있었다. 왜냐하면 그녀는 내가 정말 좋아했던, 우리 동네 수제빗집 아주머니였기에.

나는 어렸을 때부터 수제비에 진심이었다. 수제비를 베어 물은 뒤 이에서 쩍 떨어질 때 느껴지는 그 쫀쫀함에서 카타르시스를 느끼는 내게, 새로 이사 가는 동네에 두꺼운 수제비를 파는 곳이 어딘지를 미리 알아 두는 것은 삶의 중요한 어젠다였다.

어렴풋한 기억 속 그 수제빗집은 허름했지만 그 안에서 파는 수제비는 만반진수였다. 뜨거운 김을 후후 불어 가며 수제비를 흡입하다 보면 그렇게 행복할 수가 없었다. 투명한 국물에는 반죽을 지나치게 고을 때 묻어나는 특유의 텁텁함이 없었다. 거의 매주 부모님을 졸라 수제비를 먹으러 가곤 했는데, 집에 가는 길에는 직접 담근 싱싱한 겉절이를 한 봉지씩 꼭 받곤 했으니 거의 귀빈 대접을 받은 것이나 마찬가지였다.

같은 학교 다른 반 남자아이가 그 수제빗집 아들이라는 것을 알게 된 것은 한참 후의 일이었다. 여느 날처럼 수제비를 먹고 있는데 주방 쪽 기둥 뒤에서 내 또래의 남자아이가 빼꼼히 고개를 빼고 나를 바라보고 있는 것이었다. 어디선가 본 적이 있는 것 같다 생각하던 찰나, 남자아이는 다시 기둥 뒤로 사라져 버렸다.

사건은 다음 날 아침 등굣길에 발생했다. 한 무더기의 반 아이들이 나를 둘러싸더니 혓바닥을 날름거리며 놀려 대기 시작했다.

"얼레리 꼴레리! 윤정이는 공주, ○○이는 왕자래요. 얼레리 꼴레리~."

"뭐? 무슨 말이야! 난 걔가 누군지도 모르는데."

"푸하하. 5반 앞에 가 봐. 복도에 다 쓰여 있어. 바보야!"

수치심에 눈물 콧물을 짜며 복도로 올라가 보니 정말 누군가 사인펜으로 '윤정공주♡○○왕자'라고 대문짝만 하게 써 놓은 낙서가 보였다. 그 옆에는 삐뚤삐뚤 왕관을 쓴 하트 나라 공주와 왕자 그림까지 버젓이 그려져 있었다. 아이들은 계속해서 얼레리 꼴레리를 합창했고 내 얼굴은 점점 더 홍당무에 가까운 색이 됐다.

"야! 너네 나를 뭘로 보고. 나 그런 뚱뚱한 애는 완전 싫어하거든? 이거 누가 쓴 건지 알아내면 가만두지 않을 거야!"

학급 청소함을 뒤져 찾은 수세미에 세제를 묻혀 힘껏 낙서에 대고 문질렀다. ○○이는 또래보다 덩치가 좀 있었고, 그래서인지 반 아이들과 잘 어울리지 못하는 타입이었다. 이제 와서 생각해 보면 매일 고생하는 엄마 식당에 찾아와 주는 학교 친구가 반갑기도, 고맙기도 해 좋아하는 마음이 들었던 것뿐일 텐데. 어린 나는 그저 운동장에서 발가벗겨진 듯한 그 상황에서 빨리 벗어나고 싶었다.

그런 나를 복도 끝에서 물끄러미 바라보는 ○○이의 시선이 느껴졌지만 나는 낙서를 한 장본인의 마음에 스크래치를 내는 말을 한 번 더 뱉고야 말았다.

"뚱뚱한 애가 세상에서 제일 싫어!"

나는 두 번 다시 그 수제빗집에 가지 않았다.

세월이 흘러 친구와 나는 어른이 됐다. 25년 만에 만난 우리는 의사와 환자 관계였다. 친구는 정말로 죽으려고 했다. 목에 밧줄을 감고 1차 시도를 했지만 실패하자, 식칼로 손목을 긋고 그마저도 모자라 건물 4층 밖으로 뛰어내렸다. 흘러온 세월은 왜 그렇게까지 친구를 힘들게 만들었을까. 수제비를 팔며 뒷바라지를 한 어머니를 외면하면서까지 세상을 등지고 싶은 이유가 무엇이었을까.

혈관색전술을 통해 골반에서 나던 출혈을 멈추게 하고, 그어진 손목에서도 더 이상 피가 나지 못하게 혈관을 결찰했다. 그렇게 떠나려던 친구를 내가 붙잡아 버렸다. 고통을 끝내고 싶었을 친구에게 또 다른 고통을 얹어 주고야 말았다. 자상을 헤집고 타이[2]를 하며 친구의 비명을 듣고 있노라니, 꼬마 시절 내가 입힌 마음의 상처도 이만큼 아프지는 않았을지 가슴이 먹먹해졌다.

젊은 나이인 덕에, 친구는 나날이 빠른 속도로 회복해 갔다. 고통에 신음하느라 눈을 제대로 뜰 수 없을 뿐 아니라, 모두가 마스크를 써야 하는 코로나19 시대에 친구가 나를 알아볼 방법은 없었다. 친구의 어머니는 한시도 아들 곁을 떠나지 않았다.

'아주머니. 제가 아주머니가 만든 수제비를 얼마나 좋아했는지 아세요? 25년이 지난 지금까지도 그보다 맛있는 수제비는 결국 찾지를 못했어요.'

친구 어머니를 붙들고 이렇게 말해 보고 싶었지만 하지

않았다. 그저 의사와 보호자 간의 일반적인 대화만 나눴다.

"이제 곧 정형외과로 전과될 거예요. 손상이 큰데 이만하길 정말 다행입니다."

퇴근길에 들러 본 수제빗집 자리에는 번쩍번쩍한 새 건물이 들어서 있었다. 분명 이 자리였는데. 어른이 되어 지워진 삶의 무게만큼이나 어린 시절 우리 동네도 많이 변해 있었다.

친구야. 분명 고민도 괴로움도 많았겠지. 산다는 게 너무나 버거웠겠지. 그래서 삭제하고 싶었을 너의 생을 내가 괜히 리셋시켜 버린 건 아닐지, 그런 너를 그냥 보내 줘야 했던 건 아닐는지. 의사로서 하면 안 될 생각이 들기도 한다.

그런데 친구야. 그래도 우리 한 번만 더 살아 보자. 미치도록 괴롭고 힘들 땐 그저 놀이터에서 뛰놀기만 해도 까르르 웃을 수 있었던 그 시절 우리 모습을 한 번만 그려 봐. 항상 너의 뒤에 계신 어머니를 아주 잠깐이라도 떠올려 봐.

성나고 험악한 세상이지만 우리 이 악물고 살아 보자. 0.001퍼센트의 희망이 아직 세상 어디엔가 남아 있는 것 같다면, 부디 세상에게 너를 품을 기회를 줘. 나는 여기서 주어진 내 사명을 다하고 있을게. 그러면서도 우주의 모든 행운과 용기가 네 남은 인생에 깃들 수 있게 기도하는 걸 멈추지 않을게. 그땐 내가 너무 미안했어. 반갑다, 친구야.

발작이 아니라 손 하트

숨을 쉰다는 것.

밥을 먹는다는 것.

화장실에 간다는 것.

걸어 다닌다는 것.

너무 당연하게 느껴지는 일상의 파편이지만, 누군가에
겐 그렇지 않다. 어느 날 갑자기 찾아온 사고는 일상을 앗아
간다. 숨 쉬는 기능을 잃어 평생을 인공호흡기에 의존하게
될 수 있다. 음식을 입으로 씹어 넘기지 못해, 코로 공급되는
베이지색 액체가 식사의 전부가 되기도 한다. 항문이나 생식
기가 으깨져, 의사가 낸 복벽의 새로운 구멍을 통해 대소변
을 받아 내며 살아가야 할 수도 있다. 잃기 전까지는 모른다.

내 작은 몸짓이 모여 만드는 소소한 일상이 얼마나 소중한 것인지를.

회사를 다니는 건실한 청년 환자는 하루하루 평범한 일상을 살고 있었다. 바쁜 일과 중 잠시 시간이 생기면 모터바이크를 타고 친구들을 만나러 다니곤 했다. 갑자기 오른팔을 잃게 되기 전까지는.

내가 그를 만난 건 사고가 일어난 지 이미 한 달이 지난 시점이었다. 상완[1]의 개방성 골절[2] 수술을 받고 발생한 합병증이 그의 생사를 위협하고 있을 때였다. 참으로 많은 고비가 있었지만 고맙게도 그는 치료를 이겨내 줬다.

하지만 전신 무기력으로 그가 스스로 숨을 내쉬질 못해 몸속에 이산화탄소가 쌓이고, 산소 포화도가 순식간에 바닥으로 곤두박질친 때가 있었다. 응급 인튜베이션을 준비하기 위해 외상 중환자실은 아수라장이 됐다. 앰부 백[3]을 두 손으로 짜면서 내가 목이 터져라 지시를 내리고 있는 급박한 상황이었는데, 갑자기 그의 양손이 허공으로 떠올랐다. 그런데 양 손가락 모양이 이상했다. 엄지와 검지가 꼬여 있었고, 나머지는 꽉 접혀 있었다.

"어, 뭐지? 발작인가?"

[1] 어깨부터 팔꿈치까지의 부위
[2] 뼛조각이 연부 조직을 뚫고 외부로 노출되는 골절
[3] ambu bag, 수동식 인공호흡기

"하하하, 선생님. 발작이 아니라요. 손 하트, 손 하트잖아요."

의식을 잃어 가는 와중에 그는 살려 줘서 고맙다며 의료진에게 손 하트를 날리고 있었던 것이었다. 간호사는 어떻게 그것도 모르냐며 나를 놀렸다. 그러나 몇 초 뒤, 그는 완전히 의식을 잃었고 하트를 만든 양손은 침대 위로 풀썩 떨어졌다. 그 뒤로 그는 한 달을 인공호흡기, 투석기와 각종 항생제를 달고서 생을 위해 맹렬히 싸웠고, 싸움에서 승리했다.

일단 살아 내고 나면 그다음부터 중요한 건 삶의 질이다. 목숨이 왔다 갔다 하는 순간에는 중요하지 않던 '밥은 먹을 수 있는지'나 '걸을 수 있는지'의 사소한 질문이 수면으로 올라온다.

사고로 뼈와 조직의 손상을 심하게 입은 환자의 오른팔은 일단 제자리에 붙어는 있었다. 하지만 그 기능을 잃은 지는 오래였다. 나도 그도 직감으로 느끼고 있었다. 예전처럼 그 팔을 쓰기는 힘들 거라는 걸.

"선생님. 앞으로 치료 열심히 받으면 팔 쓸 수 있겠죠?"

이별의 순간에 그가 묻는다. 그는 이미 대답을 알고 있다. 하지만 적어도 그날만큼은 다른 대답을 듣고 싶은 것 같아 보였다.

"그럼요. 우리 꼭 다시 만나서 악수해요. 꼭이요."

아무 말이라도 좀 해 봐요

트랙터와 함께 둑길을 구른 뒤 커다란 바퀴에 복부를 깔린 노인의 복부 CT가 드디어 화면에 떴다.

"IVC 터졌다. 환자 꺼내."

안 돼. 정말 안 되는데. 왜 하고 많은 혈관 중 그게 찢어졌을까. IVC는 하반신과 복부에서 올라오는 모든 피가 모여서 심장으로 들어가기 위한 통로다. 그만큼 굵고 혈류량이 많다. 신은 이 혈관이 외부 충격에 너무나 취약하다는 것을 안 나머지 몸속 가장 깊은 곳에 숨겨 두었다. 그리고 신체에서 가장 견고한 구조물인 척추로 그 후방을 가려 놓았다.

하지만 신은 척추의 노화 과정을 설계하면서 IVC에 대해서는 까맣게 잊고 말았다. 사람의 척추는 세월 따라 뾰족

해진다. 주변 인대를 포함해 척추 전체를 둘러싸는 온갖 석회화 현상 때문이다. 노인의 흉추, 요추는 온통 성난 뿔투성이었다. 그 뿔이 결국은 혈관을 관통했다.

"마취과에서 언제 올라오래요?"

"15분. 아니, 지금 벌써 5분 흘렀으니 10분 뒤."

외상팀과 마취과는 잘 훈련된 한 팀이나 다름없다. 외상센터가 설립된 이래로 우리는 오랜 세월 수많은 전투를 함께 했다. 대체로 그 전투는 승리로 끝났지만 패배도 했다. 환자가 살면 함께 기뻐했고, 그렇지 못한 날은 함께 울었다. 우리 사이엔 일종의 전우애가 있는 것이나 다름없다.

"그렇게 빨리요? 보호자, 보호자 도착했어요?"

"밖에 할머니 한 분 계세요. 배우자요."

1초가 급한 대량 출혈 환자의 수술실이 그토록 빨리 어레인지됐다는 것은 쾌재를 부를 일이었지만 또 한편으로는 불행한 일이기도 했다. 외상성 IVC 파열의 사망률은 90퍼센트가 넘는다. 제때 수술을 받는다 해도 그 수치는 변함이 없다. 그렇다면 내가 지금 해야 할 일은….

"보호자 분. 빨리 들어오세요."

할머니는 쭈뼛쭈뼛 소생실 안쪽으로 내키지 않는 걸음

을 내디뎠다. 그렇지만 이내 할아버지가 누워 있는 침대로 다가가지 못하고 멈춰 섰다. 바닥에 흩뿌려진 핏방울, 사방에서 삑삑 울려 대는 알람, 모두가 분주히 오가는 가운데 고통에 신음하며 누워 있는 내 영감. 낯선 풍경에 그녀의 동공은 갈 곳을 잃어버렸다.

"할머니. 제 말 잘 들으세요. 트랙터에 깔리면서 할아버지 몸속에 있는 제일 굵은 혈관이 찢어졌어요. 아주 고약한 놈이에요. 지금은 아직 후복막이라는 뱃속 공간에 갇혀서 터진 피를 다 잃지는 않았어요. 그래서 지금은 잠깐 의식이 있으신 거예요. 그런데 그 혈관을 고치기 위해 우리가 배에 칼을 대는 순간 고였던 피가 쏟아져 나오면서 사망하실 수도 있어요. 그러니까 지금 할아버지를 살리려면 수술을 꼭 해야 되는데, 근데 그 수술 때문에 할아버지가 돌아가실 수도 있어요. 그리고 지금 10분, 아니 아니, 7분 뒤에 할아버지 모시고 수술방 올라가야 해요. 그러니까 제 말은…."

최대한 쉬운 말로 설명을 한답시고 아까운 3분을 써 버렸다. 노부부 인생의 마지막이 될 수도 있는 그 소중한 10분 중에 나까짓 게 3분을 허비해 버린 것이었다. 그녀는 여전히 영감의 발치에서 얼어붙은 상태 그대로였다.

"빨리 할아버지한테 하고 싶은 말 하세요. 지금 아니면 영영 다시 이야기 못 나누실 수도 있어요. 지금 시간 없어요, 빨리요!"

내가 말해 놓고도 어이가 없었다.

'뭐 이런 의사가 다 있나.'

어떻게든 살려 보겠다고 고개를 숙여도 모자랄 판에 마치 유언이라도 나누라는 것처럼 닦달하는 의사라니. 30분이라도 더 주어진 시간이 있었다면 분명 이것보다는 제대로 말할 수 있었을 것이다. 하지만 안타깝지만 내게도, 그들에게도 시간이 너무 없었다.

내 진심이 조금이라도 전해졌던 것일까. 그녀는 할아버지의 머리맡까지 다가섰고, 마침내 노부부는 서로를 바라볼 수 있는 거리에 존재하게 됐다. 하지만 아무런 말이 없었다. 1분, 2분, 3분…. 시곗바늘이 속절없이 돌아가도록 노부부는 서로 바라만 봤다.

'아니, 할머니. 지금 시간이 없다고요. 아무 말이라도 좀 해 봐요.'

다그치려다 이내 나는 말을 삼켰다.

노부부는 이미 눈으로 수많은 대화를 나누고 있었다. 나지막한 눈빛으로. 그것은 60년 세월 함께 농사일을 하며 태워 온 살갗에 깊게 파인 주름살만큼이나 깊은 대화였으리라.

배가 찢기는 고통을 감내하면서 할아버지는 할머니의 눈짓을 1초도 놓치지 않았다. 성대와 입을 통해 새어 나오는 공기 소리나 눈물샘을 타고 흘러나오는 뜨거운 액체만이 사람과 사람 사이를 이어 주는 끈은 아니거늘. 할아버지의 인생이 할머니의 인생이고, 할머니의 인생이 할아버지의 인생이었음을.

"이제 출발하겠습니다."

할머니는 할아버지의 손을 잡지도 못했다. 그저 손등만을 몇 번 어루만질 뿐이었다.

그리고 그 순간은 정말로, 그들의 마지막이 됐다.

다신 만나지 말아요

"선생님. 저는 이제 하던 사업도 다 정리하고 재미지게 살 거예요. 선생님이 죽은 목숨 살려 주신 거나 마찬가지니 그 렇게 한번 살아 보려고요. 돈이고 지위고 그게 뭐가 중요해 요? 딱 죽고 나면 아무것도 아닌 것을. 세상 사람들 다 바보 같이 모를 거예요. 뭐가 더 소중한지 말이에요. 저는 이제 우 리 부인이랑 재미지게만 살 거예요. 두 번째 인생을 살게 해 줘 고맙습니다."

"꼭 그렇게 하세요. 무조건 재미지게만 사세요. 이제 저 랑은 안 만나는 거예요. 그래야 모두가 행복한 거니까요. 다 신 만나지 말아요."

    아침저녁 지극정성으로 돌보던 환자가 단단해진 두 다리로 병원을 걸어 나가는 이별의 순간. 그것은 기쁘면서도 목이 메어 오는, 모순적인 헤어짐이다. 공허함을 이기기 어려워 다시 만나지 않아야 한다고 애써 더 담담하게 이야기하는 건지도 모를 일이었다.

    머리가 희끗한 노부부가 서로를 어루만지며 오랫동안 머물던 병실을 떠나갔다.
    4월의 단비가 분홍빛 꽃비가 되어 그들이 떠나는 길을 보시시 적셨다.

해애 저어무운~ 소오양강에

"**해애 저어무운~ 소오양강에 황~혼이 지이이면.**"

내 회진이 시작됐음을 알리는 주제가가 병동에 울려 퍼진다. 4호실 오른쪽 창가 자리에 오늘로써 120일째 금식하며 입원 중인 육십 대 환자. 그녀의 애창곡 '소양강 처녀'다.

"잘 주무셨어요?"

"아따, 우리 선생님 오셨는가. **외로오운~ 갈대애밭에~.**"

"배 통증은 좀 어떠세요?"

"괜찮여. **슬피 우우는 두우견새야~.**"

"내일 상부위장관 조영술 할게요."

"오케이. **새야 새야, 새야 새야 새야~.**"

"또 새면 안 되는데, 이젠 막혀야죠. 가사가 좀 그렇다."

"아따. 공교롭게 타이밍이 그렇게 됐어. **열~여덟 딸~기 같은.**"

이제 이 대화의 기법은 우리의 일상이 됐다. 내 질문과 그녀의 대답은 노래의 마디와 마디 사이에만 허락됐다. 이 법칙을 지키지 않으면 노래가 처음부터 시작되기 때문에 주의를 요했다.

4호실에서 이 법칙을 모르는 사람은 없었다. 가끔씩 다른 과 문제로 컨설트[1]를 의뢰한 경우, 환자 검진을 겨우 끝낸 타과 교수가 연신 고개를 저으며 4호실을 떠나는 모습이 이따금씩 목격됐다.

그녀가 120일째 창가 자리에서 곡조를 뽑게 된 것은 누구의 잘못도 계획도 아니었다. 다음 날 손님맞이를 하기 위해 안방 청소를 하고 있었던 그녀는(이때도 분명 '소양강 처녀'를 부르고 있었을 것으로 추정된다) 흥에 겨운 나머지 몸통에 약간의 회전력을 주다가 그만 화장대 모서리에 배를 부딪히고 말았다. 입원 후 약 30일이 지났을 때쯤 그녀의 고백에 의하면 이때 약간의 소주를 걸친 상태였다고 했다.

다음 날 계속 배가 아팠지만 그녀는 꾹 참고 예정대로 손님을 맞이했다. 그리고 그 고통을 잊기 위해 손님의 권고

[1] consult, 협진

에 따라 미디엄(그녀의 표현이다) 정도의 소주를 더 마셨다. 들 것에 누운 채 외상센터로 이송된 것은 그로부터 이틀이 더 지난 때였다.

CT에서 확인된 십이지장 세 번째 부분 근처에 고인 더러운 액과 뽀글뽀글한 공기 방울은 그곳에 천공이 생겼음을 시사했다. 터진 뒤 며칠을 묵힌 장은 아무리 잘 꿰매 놔도 예후가 좋지 않다. 그래서 때로는 그냥 그 장을 포기해 버리고 우회로를 만들어 주는 편이 나을 때도 있다.

그녀의 장은 봉합됐지만 며칠 안 가 다시 터지고 말았다. 만약 그리스 로마 신화에 제우스의 3대손쯤 되는 외상의 신 듀오데날로쿠스(방금 내가 지은 신 이름으로, '듀오데날'은 '십이지장의'란 뜻이다)가 존재한다 가정하고, 그가 관 뚜껑을 열고 충청남도 천안까지 날아와 수술을 해 주고 가더라도 결과는 다르지 않았을 것이다. 여러 해부학적·생리학적 이유로 십이지장은 고치기도 낫기도 어려운 장기다.

더 이상 수술적으로 손댈 수도 없이 망가진 십이지장을 치료하는 방법은 하나뿐이다. 금식과 무한한 기다림. 아무것도 먹지 않고 기다리면 언젠가는 막힌다. 자라난 덧살과 온갖 염증 세포가 한 덩어리가 되면서 새로운 장벽을 만들어 주는 것이다. 그런데 그게 언제일지는 아무도 알지 못한다.

그 지난한 기다림의 시간이 길어질수록 환자와 의사 사이에 간신히 존재하던 믿음의 끈은 쉽게도 끊어지곤 했다.

'소양강 처녀'는 절망에 빠져 침잠하기보다는 운명에 맞서 싸우기로 결심한 그녀가 부르는 일종의 군가였다. 그리고 전투에서 승리하기를 기원하는 주변인의 마음을 이끌어 내는 응원가이기도 했다. 좋은 소식이 없어 매번 같은 안부를 물을 수밖에 없는 민망한 상황에 처한 주치의에겐 위로가였는지도 모른다. 오랜 금식에도 그녀의 노래에는 항시 곤조가 있었다.

그렇게 1주가 한 달이 되고, 한 달이 다섯 달이 됐다. 몇 번째인지 세기도 어려웠던 마지막 상부위장관 조영술에서, 드디어 아지랑이처럼 새어 나가던 누출의 증거가 마침내 보이지 않았다. 드디어 장 천공이 다 붙은 것이다.

그렇게 그녀는 늘 먹고 싶다며 노래를 불렀던 설렁탕('소양강 처녀' 가사를 제외하고 그녀가 가장 많이 내뱉은 단어였다)을 전 병동 의료진에게 한 그릇씩 돌린 다음 유유히 병원을 빠져나갔다. 그녀의 인생 2막이 올랐음을 알리는 경쾌한 주제가와 함께.

"해애 저어무운~ 소오양강에."

아이들을 위한 천국이 있기를

"외상 콜입니다. 이○○, 남 11세, 외상팀 활성화됐습니다. 헤드 인저리[1]."

"아….."

하던 일을 던지고 곧바로 소생실로 향했다. 나보다 먼저 도착한 의료진이 이미 구조대와 함께 들것에서 환자를 내리고 있었다. 풀썩, 소생실 침대 위로 작은 체구의 아이가 옮겨졌다. 아이에겐 아주 작은 움직임도 없었다. 즉시 인튜베이션을 했다.

청진기를 대고 들어 보니 숨소리는 나쁘지 않다. 다음으로 배를 만져 본다. 복부 출혈의 징조도 느껴지지 않았다.

'아, 안 돼….'

---

[1] head injury, 두부 외상

남은 것은 머리다. 펜라이트를 들어 눈동자를 비춰 보지만 야속한 동공은 반응이 없었다. 하굣길에 집으로 걸어가다가 덤프트럭에 치인 뒤 이송된 아이였다. 매일 같은 시간, 매일 걷던 길을 가고 있던 것뿐인데….

예상대로 머리 CT를 찍자 심한 경막하출혈과 혈류를 공급받지 못해 검게 변해 버린 뇌실질이 확인됐다. CT실 문틈으로 이제 막 연락을 받고 도착한 아이 아버지가 상황을 몰라 두리번대는 모습이 보였다. 이 정도의 뇌 손상은 정상으로 돌아오는 경우가 거의 없다. 아이는 뇌사 상태로 갈 것이다. 복부 CT에는 이상이 없어 외상외과 의사로서 내 역할은 더 없었다.

간호사가 아이 아버지를 신경외과 의사가 있는 쪽으로 안내했다. 이후 이어질 상황을 차마 볼 수 없어 당직실로 얼른 발길을 돌려 버렸다. 평범했던 그의 세상이 지옥보다 더한 나락으로 바뀌는 순간이리라. 최대한 빨리 걸음을 재촉했지만 아이를 잃게 된 아버지의 절규는 아주 멀리에서도 선명히 들려왔다. 그날 밤 나도 악몽을 꾸었다.

나중에 알게 된 사실은, 그 아이가 아주 오랫동안 아버지와 단 둘이서 살아왔다는 것이었다. 외상 중환자실로 입원한 지 1주째가 되도록 어머니로 보이는 사람이 한 번도 보이지 않는 게 이상하다고 생각했던 터였다.

　지난 1주간 아이 아버지는 외상 중환자실 보호자 자리를 지키고 있었다. 해가 뜨고 지는 지구의 자전으로 인한 현상은 이미 초월한 지 오래였다. 그는 온종일 같은 자리에 정자세로 앉아 정면을 응시하고 있었다. 감염 위험 때문에 외상 중환자실 가족 면회는 2년째 운영되고 있지 않았다. 코로나19 시대 중환자는 죽기 직전이 되어야만, 아니 죽어야만 가족 얼굴을 볼 수가 있다. 그러니 외상 중환자실 바로 앞 의자에 앉아 있는 것만이 그나마 물리적으로 아이와 가장 가깝게 있는 방법이었던 것이다. 내 아이가 살아 숨 쉬는 현재의 우주 말고 아이 없이 나 홀로 남겨질 또 다른 우주. 부모에게 아이가 삭제된 우주는 세상의 종말이나 다름없다.

　6년 전 아기 엄마가 된 후로 나는 소아 환자 보호자와 그 누구보다 능수능란하게 소통할 수 있다고 자신해 왔다.

　"어머. 27개월인데 또래보다 수용 언어가 훨씬 많네요."

　"제 딸에게도 비슷한 일이 있었어요."

　부모만의 이런 시시콜콜한 언어를 사용한 것이다. 하지

만 정작 누군가의 위로가 절실해 보이는 소아 환자 보호자에 겐 도대체 무슨 말을 건네야 할지 모르는 나 자신을 보면서 그건 아주 알량한 자신감에 지나지 않았음을 깨달았다.

아이 아버지는 한 번도 눈물을 흘리거나 누군가를 원망 하는 표정을 짓지 않았다. 마치 그렇게 긍정적인 기운을 지 켜야만 생사의 길목에서 싸우고 있는 아이에게 힘이 될 것이 라 굳게 믿는 것처럼. 그래서 그는 일상을 살아 내는 사람보 다 어떤 면에서는 더 평온해 보이기도 했다. 그런 그의 강인 함은 매일 그 앞을 지나다니는 것만으로도 오히려 내 마음을 아리게 했고 어떨 때는 죄스럽게도 했다.

회진 가는 길에 음료 하나를 주머니에 넣고 외상 중환자 실 쪽을 보다가도, 결국 나는 뒤돌아 내 갈 길을 가곤 했다. 어설픈 내 위로가 오히려 그 안온함과 희망의 끈을 잘라 버 리는 역할을 하게 될지도 모르는 일이라고 되뇌었다.

인공호흡기에 의존한 아이는 1주, 2주가 지나 어언 3주 를 버티고 있었다. 불안정한 활력 징후, 붉은색 숫자로 뒤덮 여 가는 검사 수치들. 할 수 있는 모든 치료를 다했지만, 이 제는 정말 별이 되어 하늘로 갈 날이 얼마 남지 않은 듯 보였 다. 지금이 아니면 그에게 다시는 위로를 건넬 기회가 없을 것 같았다.

그런데 내 안의 망설임이 또다시 여러 반론을 제기했다.

'너는 담당 교수도 아닌데? 몇 주 눈인사를 했다고 너무 나대는 것 아니야?'

'아이를 잃어 본 경험도 없는 주제에 감히 뭘 안다고.'

'산처럼 커다란 슬픔과 분노에 말 한마디가 무슨 도움이 된다고?'

그렇게 우물쭈물하다가 결국 보호자 자리가 보이지 않는 길로 돌아서 나가는 것이었다.

그렇게 몇 시간 뒤 아이는 별이 됐다. 차갑게 식어 버린 그 작은 손을 잡고 아이 아버지는 한참을 울었다고 했다. 더는 보호자 자리에서 그의 모습을 볼 수 없었다.

＊ ＊ ＊

"적운형 구름은 이렇게 둥글게 그려야 예뻐요."

따뜻한 햇살이 비추는 마루에서 누군가 상을 펴고 그림을 그린다. 붓을 요리조리 돌리며 내게 구름 그리는 법을 가르쳐 주는 아이. 처음엔 빛이 너무 밝아 아이의 형체를 알아볼 수가 없었다. 눈을 비비고 보니 며칠 전 별이 된 그 아이였다. 이렇게 똑똑하고 예쁜 아이였구나.

"이제 머리 안 아파?"

"선생님도 한번 따라 그려 보세요."

"그래. 그럴게."

마치 사고를 당한 적 없었다는 듯 건강해 보이는 아이는 하얀 도화지에 연신 예쁜 구름을 그려 냈다.

"아빠가 보고 싶어요."

"아빠도 네가 많이 보고 싶으실 거야."

눈물이 왈칵 쏟아지는 바람에 그렇게 꿈은 짧게 끝나 버렸고, 나는 침대 위에 있었다. 별이 된 아이가 내 꿈에 와 줬구나. 아이는 건강하게 잘 지낸다고, 아빠를 보고 싶어 했다고, 위로의 말 한마디 건네지 못해 죄송했다는 말을 이제는 아이 아버지에게 전할 방법이 없다. 그저 아이가 아빠의 꿈속에도 꼭 한 번 들러 주길 기도할 뿐이다.

나는 별이 된 아이들만을 위한 천국이 있다고 믿는다. 그곳은 인공호흡기도 고통도 눈물도 없는 따뜻한 곳이어야만 한다. 그곳에서 행복하게 지내다 보면 그토록 기다리던 엄마, 아빠와 다시 만나 이별 없이 사는 날도 오겠지.

아가야, 먼 훗날 아빠와 다시 만나는 날 부디 천국의 문으로 마중 나와 줄 수 있겠니. 너의 생에 가장 밝고 예뻤던 모습으로.

복구할 수 없는 손상

"박○○님 외래가 예약되었습니다."

사망한 환자 이름이 외래 예약 시트에 떴다. 마음이 쿵 하고 내려앉는다. 아직까지 모든 것이 생생하다. 잡아도 잡아도 잡히지 않던 피, 심장 압박을 그만하자고 설득하던 내 목소리, 그리고 싸늘하게 식은 아버지의 몸을 더듬으며 울부짖던 유족.

유족의 외래 방문은 서류 발급이 목적인 경우가 대부분이지만, 민사와 형사 고발이 유행이라는 요즘이기에 나도 모르게 조금은 움츠러들었다.

"복구할 수 없는 손상"

짤막한 문구로 요약된 차트를 다시 열어 보며 책잡힐 만한 부분은 없었는지 복기해 봤다. 모든 정황으로 봤을 때 그것은 최선의 치료였다. 나는 마지막까지 모든 수단을 동원했지만, 그럼에도 불구하고 그를 잃었다. 그날은 내게도 사무치게 아픈 날이었다.

진료실 문이 열리고 낯선 남자 한 명이 들어와 앉았다. 치료 과정에서 보지 못했던 새로운 가족의 등장은 의사에게 나쁜 예후를 뜻한다. 직접 얼굴을 보며 경과에 대해 설명하고, 라포르[1]를 쌓은 사람이 아니기에. 평소에는 연락도 없다가 뒤늦게 잿밥에만 관심을 보이며 나타나 의사에게 과실을 따져 묻는 가족도 더러 있다. 긴장되는 순간이었다.

자신을 고인의 아들로 소개한 남자는 별안간 자리에서 벌떡 일어나 고개를 푹 숙이며 이렇게 외치는 것이었다.

"선생님. 정말, 정말 감사합니다…!"

생각지 못한 전개에 나도 모르게 함께 벌떡 일어나 오열하는 그의 어깨를 다독였다. 하룻밤에 어이없는 사고로 아버지를 잃었는데, 그리고 그 임종을 지키지도 못했는데, 게다가 눈앞에 있는 주치의는 그 아버지를 살려 내지도 못했는데, 나한테 대체 뭐가 고맙다는 말인가.

"저한테 뭐가 고맙다고 그러세요…. 살려 드리지 못해 제가 죄송합니다."

"그게, 저희 아버지를 포기하지 않아 주셔서, 그래서 감사합니다."

지금의 외상센터가 있기 전까지는 수많은 중증 외상 환자가 길거리에서 죽음을 맞이했다. 이른바 잘나가는 병원은 비외상 환자를 중점적으로 치료했고, 구급대는 어느 병원으로 환자를 이송해야 할지 몰랐다. 골든 아워 안에 치료를 받으면 살 수도 있었던 산업재해와 불의의 사고 피해자는 그렇게 시스템의 부재 속에 구급차 안에서, 혹은 응급실 대기 라인에서 손도 못 써 본 채 운명했다. 로드 킬과 다를 바가 없었던 것이다.

2014년도 이후 17곳의 권역외상센터가 전국에 설립되어 운영 중이다. 외상센터가 나사로의 기적을 행하는 곳은 아니다. 그러나 적어도 오늘의 중증 외상 환자에게 우리는 "할 수 있는 모든 것을 했다"라는 가슴 시린 고백은 할 수 있게 했다.

부상당한 사람을 살리는 것만큼이나 중요한 또 하나의 임무는 유족의 상처를 어루만지는 일이다. 죄책감과 공허함의 바다에 던져질 그들을 위해, 불가능한 상황에서도 포기하지 않는 자세로 치료에 임하는 것. 그리고 아주 약간의 온기라도 남아 있을 때 고인과 작별 인사를 할 수 있게 해 주는 것. 내 손을 거친 환자의 삶의 끝자락에서 내가 지키고자 하는 두 가지 철칙이다.

가끔은 신의 존재를 의심할 때가 있다. 그러나 내겐 신과 그의 천국이 꼭 필요하다. 현생에서 고통 속에 아스러져 간 영혼이 그곳에서라도 안식을 얻어야만 하니까. 오늘 나는 내 자리에서 내 쓰임을 다하고 있는지 성찰해 본다.

먼 훗날 그곳으로 초대받아 그들과 조우했을 때 그동안 고생했노라고, 작은 위로와 다독임 한 조각을 돌려받는 그날을 상상하면서.

삶은 계란

"와…. 흙 때문에 잘 안 보이는데."

흙이라니! 몸속 어디에서도 나와서는 안 되는 것이다. 조금 전 이송된 환자의 기관지에 숨을 불어넣을 튜브를 꽂고 난 응급의학과 전공의 입에서 나온 탄식이었다.

"기도에서 흙이 나왔어?"

"교수님, 좀 나온 정도가 아니고 그냥 흙으로 꽉 찼어요. CPR이 별로 의미가 없을 것 같습니다."

축대 매몰 현장에서 환자를 구조하기 시작했다는 구급대의 첫 전화를 받은 것은 약 2시간 전이었다. 아파트 공사장에서 벌어진 사고라 했다.

그렇게 우리는 모두 만반의 태세로 그를 맞이할 준비를

했지만 30분, 1시간이 지나도 구급차가 오질 않았다. 뭐가 잘못됐나 싶어 다시 전화를 걸어 보니 아직도 구조를 마치지 못했단다. 굴착기까지 동원해서 뭔가를 계속 치우는 중이라고 했다. 속이 탔다. 골든 아워가 지나도 한참 지났다.

응급의학과 전공의의 말이 맞았다. 아무리 승압제 주사를 때려 붓고 CPR을 해 봐도, 이미 오랫동안 산소를 공급받지 못한 심장과 폐는 미동도 없었다. 그래도 우리는 계속해야만 했다. 그가 흙 속에서 얼마나 버티다 심정지 상태에 빠진 것인지 그 누구도 정확히 알 수 없었기 때문이다.

그렇게 30분 동안 지속된 CPR은 아무런 성과도 이루지 못한 채 끝났다. 생존 징후는 관찰되지 않았다. 온몸이 흙으로 뒤덮인 환자의 사망이 선언됐다.

그제야 환자의 몸 상태를 제대로 살펴보게 됐다. 얼마나 큰 압력이 몸에 가해졌는지 뼈란 뼈는 모두 부러진 것 같았다. 말초에 집중된 찰과상과 손톱 손상은 흙에서 빠져나가기 위해 안간힘을 다해 휘저은 손짓과 발짓을 상상하게 했다.

"두개골 앞뒤랑 옆면 사진도 찍어 주세요. 골반도요."

소생실에서 환자가 사망하면, 정확한 사망 원인을 밝히기 위해 엑스레이를 찍는다. 그렇게 엑스레이로 확인한 그의 몸 상태는 더욱 처참했다. 결국엔 눈을 질끈 감아 버렸다.

"아내 분 도착하셨습니다."

유족에게 인계할 유품을 찾기 위해 찢겨진 고인의 옷 주머니를 뒤졌다. 바지 왼쪽 주머니에서 삶은 계란 하나가 나왔다. 그게 다였다. 귀중품이라곤 하나도 없었다.

그런데 그 깨지지 않은 삶은 계란 한 알이 우리의 눈물 버튼을 눌렀다. 쉬는 시간에 먹으려 아껴 둔 간식이었을까. 아니면 끼니를 대신하려던 것이었을까. 고된 출근길에 누군가 소중히 손에 쥐어 준 마음의 징표였을까. 사람의 뼈가 부서지도록 거대했던 흙의 무게를, 목숨까지 삼켜 버린 고된 노동의 무게를 어떻게 이겨내고 이 계란은 온전한 형체를 유지했단 말인가.

계란의 모습은 흐물거리는 환자의 몸과 대비되어 비극을 더했다. 그렇게 삶은 계란 하나가 우리 그리고 환자 아내를 울리고야 말았다.

저 하늘에 빛나는 별처럼

일곱 살, 그 여자아이는 한창 예쁠 나이였다. 무슨 말을 해도, 무슨 짓을 해도 모든 게 사랑스러울 나이. 그런 아이가 버스에 치여 10미터를 날아갔다. 작은 인체에 들어 있던 복강 내 장기는 그 충격을 한꺼번에 흡수하며 찢어졌다.

더 안타까웠던 것은 구급대가 처음 아이를 이송한 병원이었다. 그 병원에는 중증 외상을 수술할 수 있는 외상외과 의사가 없었기 때문이다. 아이는 다시 구급차에 실려 수십 킬로미터를 돌고 돌아 우리 병원에 도착했다. 환자가 혈역학적으로 불안정하고 수술을 요하는 상태인데 그것이 불가능한 기관이라면, 그 즉시 가능한 곳으로 전원하도록 조치하는 것이 전 세계 의사 사이의 약속이다.

그런데 그쪽 병원은 자신들이 수술할 수 없다는 걸 알면서도 머리부터 발끝까지 온갖 CT와 엑스레이를 알차게 찍은 뒤에야 전원 여부를 타진했다. 피 흘리는 아이를 가지고 이른바 본전을 뽑으며 플래티넘 미닛을 빼앗은 것이다. 분노에 내 온몸이 바들바들 떨렸다.

아이 부모는 처음엔 아이를 살려 달라고 애원했다. 그 마음을 모를까. 부모란 존재는 자식을 살리기 위해서라면 자신들의 심장을 때 줄 수도 있다. 자식은 부모에게 그런 존재다. 하지만 CT를 보니 뇌출혈이 상당했다. 중간중간 이뤄진 CPR 때문에 뇌의 허혈성[1] 손상도 심각했다. 양쪽 동공에 빛을 비춰 봤지만 활짝 열린 채 아무런 변화가 없었다. 이 시점에서 배를 가르는 것은 의학적으로 봤을 때 득보다 실이 더 많은 행위다. 뇌 기능이 돌아올 확률은 0에 수렴했다.

"배라도 수술해 주세요, 선생님. 이렇게 보낼 순 없어요. 제발 부탁드립니다."

결국 응급수술을 하기로 했다. 종국에 뇌사 상태로 가서 식물인간이 되는 것이 운명이라 해도, 지금 배에서 나는 피를 잡지 않으면 몇 시간 아니 몇 분 내에 사망할 것이 분명했다.

[1] 피가 신체 조직에 덜 가는 상태

전신마취 후 배를 열자 피가 흥건했다. 이 작은 몸에서 이토록 많은 피가 쏟아져 나올 수 있단 말인가. 그런데 출혈 원인 부위는 그렇게 굵지도 않은 혈관의 작은 흠집이었다.

'아, 조금만 더 일찍 이 혈관을 묶어 줄 수만 있었다면…'

아이는 일시적 폐복[2] 상태로 뱃속에 커다란 스펀지를 단 채 외상 중환자실로 옮겨졌다. 제 몸만큼의 피를 잃어버렸으니 피의 응고를 담당하는 인자는 이미 바닥나고 없을 테다. 이제는 입과 코에서도 피가 흐르기 시작했다. 차마 두 눈으로 지켜볼 수 있는 광경이 아니었다.

"오늘 밤을 넘기긴 어려울 것 같습니다."

아이 부모는 나로 인해 또 한 번 무너져 내렸다. 엄마는 가슴을 치며 울부짖었다.

"선생님, 아이가 죽기 전에 장기이식이라도 할 순 없을까요. 우리나라에 장기 기다리는 애기들 많잖아요. 제 딸의 안 다친 장기를 그 애들에게 기증해 주세요. 제발요. 우리 딸 이렇게 영원히 세상에서 사라져 버리면 어떡해요. 제발 콩팥 하나라도 세상에 남겨 주세요. 저 너무 두려워요. 너무 무서워요 선생님…"

나도 할 수만 있다면 정말 그렇게 해 주고 싶었다. 내 사랑하는 이가 온전한 형태로 내 곁에 있을 수는 없지만, 아주 작은 조각만이라도 같은 하늘 아래 존재할 수 있다면 그것만으로도 부모는 위안받을 것이다.

하지만 아이 부모의 작은 바람조차 하늘은 허락하지 않았다. 이식 대상인 모든 장기가 이미 허혈성 손상을 입은 상태였다. 혹시나 해 코노스[3]에 타진했다. 예상대로 어려울 것 같다는 답변이 돌아왔다.

그날 밤 그렇게 세상에 흔적을 남기지 못한 채 또 하나의 별이 하늘로 올라갔다.

고인에 대한 애도는 방식이 다양하다. 사람들은 주로 묘지나 납골당에 자주 찾아감으로써 애정을 표한다. 또는 고인이 평소에 좋아하던 장소, 좋아하던 음식, 좋아하던 음악을 통해 추억을 기리기도 한다. 애도의 핵심은 고인을 잊지 않는 것이다. 잊지 않으려 추모를 자꾸자꾸 반복한다.

그러나 시간이 지남에 따라 고인에 대한 기억은 조금씩 흐려지고 만다. 아무리 사진을 봐도 고인의 얼굴, 미소, 손짓이 예전처럼 생생히 되살아나진 않는다. 그러면 남겨진 이들은 또 가슴을 치며 자책한다. 서로가 서로를 안아 주던 그 따뜻한 순간을 더 이상 또렷하게 기억하지 못하는 자신이 원망스럽고 한심하니까. 죄책감 속에서 남겨진 이들의 삶은 어둠 속에 잠기고 파멸한다.

하지만 또 다른 애도 방식이 있다. 그들이 살아생전 지향했던 가치와 꿈을 대신 펼쳐 주는 것이다. 너무나 짧은 생을 살았기에 세상에 미처 다 나눠 주지 못하고 간 고인의 사랑을 대신 나눠 주는 것. 기억은 흐려질 수 있지만 사랑과 나눔의 가치는 긍정적인 에너지를 타고 전파되며 희석되지 않는다.

죽음을 의미 있게 만드는 것. 그것이야말로 정말 고인이 바라는 바가 아닐까. 우리가 사랑했던 이들은 떠나갔지만 떠나지 아니했다. 마치 저 하늘에 빛나는 별처럼, 이별의 아픔을 아름다움으로 바꾸는 마법은 남겨진 우리에게 달렸다.

D를 위한 편지 1: 어레스트 직전

새 학기가 시작되는 3월의 어느 날 새벽 4시, 고속도로에서 한 트럭 운전자를 구조 중이라는 전화를 받았다. 구급대는 앞 트럭에서 쏟아진 적재물에 관통당해 형체를 알아볼 수 없는 환자의 얼굴과, 배를 짓누르다 못해 거의 등에 닿을 듯한 운전대에 대한 말을 토해 냈다. 우리는 비장한 마음가짐으로 O형 피를 소생실 냉장고에 채우며 환자를 맞이할 준비를 했다.

"너무 심하게 끼어 있어서 빼내는 데만 30분이 넘게 걸렸습니다."

다급하게 들것을 밀고 들어오며 구급대원이 말했다. 환자 D는 구조를 시작했을 때보다 상태가 훨씬 더 악화되어 어레스트[1] 도달 직전이었다. 의식 상태는 이미 스투퍼[2]였으나, 짓이겨진 온몸에 연결된 통각 세포의 신호로 인해 발버둥질하고 있었다.

"수술실 연락해! 지금 당장 올라간다고!"

개복 후 보니 D의 장 상태가 심각했다. 사람 뱃속에서 가장 큰 용적을 차지하는 것은 먹은 것을 뱀처럼 꿈틀대며 소화시키는 작은창자다. 그것의 총 길이는 5미터 정도 되는데, 삼킨 음식이 융털로 덮인 그 통로를 굽이굽이 모두 돌아야 마침내 생존에 필요한 영양소를 공급받는다.

그의 작은창자는 초반부의 약 30센티미터를 제외하고 모두 파괴되어 있었다. 아무리 뱃속을 뒤져도 멀쩡한 장이 없었다. 일단 살아 있는 장의 말단부를 켈리[3]로 물어 버리고 거즈 패킹[4]을 한 다음 1차 수술을 끝냈다.

다음 날 2차 수술에선 진행된 직장의 손상과 괴사를 확인했다. 그리고 큰창자의 끝을 복벽으로 연결해 장루[5]를 만드는 하트만 수술을 했다. 그렇게 그는 외상 중환자실에서 이틀을 더 생존했다.

이어진 3차 수술에선 켈리로 일시 봉합했던 작은창자 끝을 끌어다 회맹판[6] 가까이에 이어 붙였다.

---

[1] arrest, 심정지   [2] stupor, 혼미
[3] kelly, 가위 모양의 집게   [4] packing, 뱃속을 가득 채움
[5] 장 내용물 배출을 위해 만드는 인공 항문

세 번의 수술을 겪는 동안 D의 복부는 한 번도 닫히질 못했다. 남은 장이 거의 없는데도 복부구획증후군[7]으로 인해 일회 환기 호흡량이 턱없이 부족했다. 그의 뱃속 공간과 바깥세상을 경계 짓는 것은 얇은 아이오반 필름[8] 한 장뿐이었다.

나흘간 복부에서 나는 피를 겨우 잡았는데, 이쯤 되면 그칠 줄 알았던 얼굴 쪽 출혈이 문제였다. 반쯤 사라져 버린 입천장에서 피가 폭포처럼 쏟아져 내렸다.

다른 방법이 없다 보니 성형외과 교수님은 그의 혓바닥을 끄집어 올려서는 입천장에 난 구멍에 대고 꿰맸다. 그리고 나서 겨우 피가 멎었다. 처음으로 혈압이 잡히기 시작했다.

환희는 오래가지 않았다. 다음 날 D의 혈압이 다시 떨어지기 시작했다. 그리고 오랫동안 열려 있던 복부도 문제였다. 뱃속을 채우던 지혈 패드를 48시간 간격으로 계속 교체해야 했다.

폐복의 환경은 온갖 박테리아가 살기에 최적의 조건이다. 그의 장 속에서, 피부 위에서 원래부터 공생하던 수십 가지 박테리아들이 전쟁을 선포했다. 그들은 최선을 다해 면역체계를 뒤흔들었고 각종 물질을 뿜어 댔다.

[6] 작은창자의 끝부분인 회장과 맹장 부위가 만나는 경계의 판막
[7] 복부 일정 부위 압력이 증가해, 부위 말단부의 혈액 공급이 차단되어 근육이 괴사하는 질환
[8] 폴리머 재질로, 수술 시 감염과 소독에 쓴다

인간이 주사기로 항생제를 주입할 때마다 박테리아에 약간의 위기가 찾아왔지만, 그들은 세포벽을 새로 쌓거나 항생제가 작용하는 스위치를 개조해 버리면서 매번 훌륭하게 자신을 방어했다. 그렇게 그들은 무서운 속도로 세를 불려 혈관을 타고 몸속 모든 장기를 점령하는 데 성공했다. 즉, 패혈증이었다.

이때부터 의사는 그 어느 때보다 기민하게 움직여야 한다. 패혈증에 걸린 사람 둘 중 하나가 죽는다. 통계가 그렇게 말해 준다. 패혈증을 의심하거나 인지한 지 1시간 안에 해야 할 일들은 가이드라인에 소상히 적혀 있다.

우선, 환자의 혈중 젖산 농도를 측정한다. 쇼크의 진행 속도나 치료의 반응 여부를 파악하기 위한 조치다. 그다음 환자 정맥에서 혈액 배양을 하고 광범위 항생제를 투여한다. 막말로 균을 조지기 위해서다. 이때 환자 몸의 혈관벽이 흐물거리므로 몸무게 1킬로그램당 30밀리리터 이상의 결정질액[9]을 투여한다. 물론 결정질액은 투여 총량이 2~3리터가 되기 전에 지속적 승압제 주입으로 바꿔야 한다. 안 그러면 환자가 물에 빠져 죽는다.

D는 다시 한 번 힘을 냈다. 혈압이 승압제에 반응하기

---

[9] 탈수로 인한 혈액량 감소 시 사용하는 수액. 주성분은 염화나트륨　　121

시작했다. 이제 우리는 폐복 논의에 착수했다. 약도 좋지만, 패혈증에 종지부를 찍기 위해서는 궁극적으로 오염원을 제거해야만 했다.

하지만 1주 넘게 떨어져 있던 왼쪽과 오른쪽의 복벽은 다시 만나 한 덩어리가 되는 것을 거부했다. 근막의 경계 부위가 안쪽으로 조금씩 말려들어, 가운데로 당기기가 어려웠다.

외국에는 환자의 복부를 오래 열어 둬야 하는 경우 양 복벽에 지속적으로 장력을 가하는 특수한 장비를 쓸 수가 있다. 하지만 우리나라엔 그런 간단한 기구조차 수입되지 않는다. 건강보험 재정 탓에 수입해도 제값을 받지 못하기 때문이다. 여튼 복벽을 조금씩 당기기 위해 수술을 여섯 번이나 해야 했다. 마침내 그의 복부가 닫혔다.

내원 20일째, 이젠 정말 혈압이 안정됐다. 출혈도, 패혈증도, 닫히지 못했던 배도 그의 살고자 하는 의지를 꺾진 못했다. 그와 함께 마음껏 기쁨을 누리고 싶었다.

그런데 그는 의식을 되찾고 의료진의 모든 말을 알아듣기 시작한 후에도 눈만 깜빡였다. 쇄골 아래로는 그 어떠한 움직임도 없었다.

사지 마비였다. 예상치 못했던.

D를 위한 편지 2: 병원에 해를 끼치는 인간

처음엔 멀쩡하게 움직였던 D의 팔다리가 왜 더 이상 움직이지 않는지 도저히 설명할 길이 없었다. 사지로 가는 신경은 모두 척추에서 나오는데, 그는 척추를 전혀 다치지 않았기 때문이다. 원내 모든 신경외과, 신경과 의사가 달려들어 다시 진찰해 봐도 결과는 같았다.

사지 마비의 원인이 될 만한 질환에 대해 세세한 검토가 다시 이루어졌고, 수십 가지 검사를 반복했다. 그는 얼굴만 제외하고 온몸의 운동신경이 전류를 흘려보내는 능력을 상실한 상태였다. 그러니까 쇄골 아래로는 신경이 없는 것과 마찬가지였다.

말초신경병증. 너무나 허무하게 붙은 최종 진단명이었

다. 말초신경병증은 팔다리만 묶은 게 아니었다. 숨을 들이마시고 내쉴 때 필요한 횡격막까지 마비시켰다. 그것도 모르고 나는 그의 부인에게 인공호흡 의존도를 줄여 보겠다든지, 인공호흡기 졸업시켜 보겠다든지 따위의 말을 했었다. 공수표를 여러 번 날린 것이다.

사지가 마비됐고, 인공호흡기를 뗄 수 없고, 콩팥이 소변을 배출하지 못한다는 사실을 제외한다면, D는 일반 병실로 옮겨도 될 만큼 회복했다. 밤과 낮, 요일과 계절의 구분이 없는 외상 중환자실 침대에 갇혀 가족들의 품을 그리워한 지 넉 달이 넘은 때였다.

그는 외상 중환자실 생활에 적응했고, 의료진도 그를 돌보는 데 익숙해져 갔다. 다만, 가장 어려운 일은 그의 입 모양만 보고 대화해야 한다는 점이었다. 목에 난 구멍으로 인공호흡기가 숨을 불어넣으니 목소리를 낼 수 없었기 때문이다.

"지금 바로 석션해 달라고요? 오케이."

"아니, 어떻게 그리 빨리 알아들은 거예요? 나는 아무리 봐도 무슨 말인지 정말 모르겠어."

"에이, 교수님. 이 정도는 엄청 쉬운 거예요. 훨씬 길고 어려운 말도 다들 찰떡같이 잘 알아들어요."

그를 간호하기 위한 외상 중환자실 간호사들의 노력은 눈물겨웠다. O, × 푯말이나 문자판을 만들어서 눈을 깜빡이게 해 대화하는 간호사도 있었다.

그저 시간마다 정해진 루틴만으로도 고생스러운 것이 중환자실 간호다. 그런데 간호사들은 항상 사력을 다해 그 이상의 것을 해냈다. 하루 종일 환자 곁에 머무를 수는 없는 의사 입장에서 그것은 너무나 고마운 일이었다.

D에게는 이제 막 초등학교에 입학한 어린 딸이 하나 있었다. 그는 딸의 입학식에 참석할 수 없었다. 딸이 초등학교에 입학하고 처음 맞이한 어린이날에도, 그로부터 며칠 뒤인 어버이날에도 함께할 수 없었다.

딸이 학교에서 만들어 온, 꼬깃거리는 종이 카네이션이 그의 머리맡에 놓였다. 하지만 스스로 고개를 돌릴 수 없으니 그는 카네이션을 쳐다볼 수조차 없었다. 종이 카네이션은 환자를 진찰하러 오는 모든 의료진의 가슴만 더 아프게 만들었다.

정신이 멀쩡한 환자를 외상 중환자실에 계속 두는 것은 고문과 다를 바 없다고 나는 판단했다. 그를 일반 병실로 옮기기 위해서는 몇 가지 조건이 필요하다. 우선 커다란 인공호흡기에서 독립시키는 것이었다. 가정용 인공호흡기 제조사에 연락했다. 회사에서 바로 직원이 나와 필요한 서류와 조치를 일러 줬다. 가정용 인공호흡기를 다는 일은 생각보다 수월하게 해결될 것 같았다.

다음 난관은 CRRT[1]를 떼는 일이었다. 그는 아직 자력으로 소변을 생성해 내지 못하고 있었다. 외상센터로 온 시점부터 이미 쇼크 상태였고, 그때 콩팥이 망가졌다. 그러니 나는 그의 소변을 한 번도 영접하지 못했다. 비어 있는 소변 백을 붙잡고 실성한 사람처럼 10분 동안 멍을 때린 적도 있었다.

'제발 한 방울만 나와 주었으면….'

의사의 의료 행위를 심사하고 치료비 지급 여부를 결정하는 건강보험심사평가원에 따르면, CRRT를 이유 없이 2주 이상 적용하는 경우, 비용을 들여 환자를 치료했음에도 병원은 해당 비용을 받지 못한다.

콩팥병 환자가 지속적으로 혈액투석을 필요로 하는 이유는 수십 가지 된다. 그런데도 오직 환자가 저혈압이었는지, 소변이 정말 나오지 않았는지 딱 두 가지 기준만으로 치료비 지급을 결정하는 것이다. 그는 소변을 만들진 못했지만 저혈압 상태는 아니었다. 그런지 꽤 됐다. 그럼에도 지속적 혈액

[1] 24시간 지속 혈액투석 기계

투석을 한 이유가 따로 있었다.

1분, 1초 CRRT를 돌릴수록, 나는 병원 재정에 도움이 되기는커녕 해를 끼치는 인간이 되어 가고 있었다.

D를 위한 편지 3: 아름다운 충돌

"아니, 투석실에 못 가는 이유가 대체 뭔데요."

나는 약간 날 선 어조로 수화기 너머 상대를 몰아붙이는 중이었다.

"이 환자, 지금 130일째 외상 중환자실 생활을 하고 있다니까요. 이제 부인 얼굴이라도 보게 해 줘야 할 거 아니에요. 투석실에서 안 받아 주시면 영영 못 나가요. 진짜."

"사정이 딱한 건 알겠는데, 저희는 입장을 충분히 말씀드렸어요. 정 그러시면 신장내과 교수님과 직접 통화해 보시던가요."

지속적 혈액투석을 하다가 어느 정도 콩팥이 일부라도

제 기능을 찾거나 혈역학적으로 안정기에 접어들면, 하루나 이틀 걸러 투석하는 간헐적 혈액투석으로 바꿀 수 있다. 일종의 레벨 업이다. D는 충분히 레벨 업을 할 시기에 접어들었다. 간헐적 투석을 받기 위해서는 환자가 외상 중환자실을 벗어나 투석실로 이동해야만 했다.

그런데 우리 병원엔 이동식 RO[1] 가 없다. 이동식 RO가 있으면 어디에서든 간헐적 투석기를 작동시킬 수 있다. 하지만 모든 정수관이 투석실 벽에만 붙어 있어, 외상 중환자실에서는 투석기에 쓸 물을 공급하는 게 불가능했다.

그래도 나는 자신만만했다. 원래 커다랗고 이동이 불가능한 인공호흡기에 연결되어 있었지만, 그것은 작고 가벼운 가정용 인공호흡기로 대체했으니까. 이제 그는 (침대에 누운 채로) 날개를 단 셈이었다. 그런데 그의 작은 날갯짓은 시작도 해 보기 전에 가로막혔다.

"선생님이 이해를 좀 해 주세요. 외래 투석실은 두 눈과 정신이 온전한 환자만 있는 곳입니다. 인공호흡기에 의존한 중환자와 한 공간에서 몇 시간씩 투석을 받게 할 순 없어요. 그들을 더 큰 좌절에 빠뜨릴 겁니다."

신장내과 교수님의 말에도 일리가 있었다. 투석실은 사

실 입원 환자를 위한 공간이 아니기 때문이다. 일상생활을 하다가 1주에 세 번씩 투석만 받는 환자가 잠깐씩 들르는 곳이다.

그들이 '갈 날 받아 놓은 듯한'(물론 내 눈에 D는 130일 전보다 훨씬 살찌고 잘생겨진 모습이지만) 중환자와 같이 투석을 받는 처지에 놓인다면 오해와 불행의 늪에 빠질지도 모를 일이었다.

이 다툼은 각자가 애틋하게 돌보는 환자를 지키려는 마음에서 비롯된 나, 투석실 간호사, 신장내과 교수님 간의 아름다운 충돌이었다. 모두가 환자에 애정을 가지고 있다는 것은 훈훈한 미담 거리였지만 결과적으로 내 환자에겐 도움이 되지는 않았다.

'대출을 받아서 이동식 RO를 확 사 버릴까?'

'아마 서울에 있는 병원들은 다 이동식 RO를 가지고 있겠지. 그런 병원에 있었더라면 이렇게 어이없이 투석도 못 받는 일은 없을 텐데.'

분한 마음에 별의별 생각을 다 하였다. 하지만 오늘 당장 이동식 RO가 하늘에서 떨어진다 해도, 이를 관리하고 작동시킬 인력이 없을 게 자명했다. 만성 인력 부족에 시달리는

130

지방 병원으로선 또 한 번 꿈같은 이야기다.

'이렇게 포기해야 하나…'

내 고민을 들은 질환 중환자실 수간호사 선생이 관대한 제안을 했다. 정수관과 가까운 침대를 하나 비워 줄 테니 거기서 투석을 해 보면 어떻겠냐는 것이었다. 대신 간호 인력의 여유가 없기 때문에, 투석을 하는 동안에는 외상센터 인력이 붙어야 한다는 조건이 달렸다.

질환 중환자실은 1년 내내 '풀 베드'다. 여기도 늘 인력이 부족한 곳이다. 하지만 간헐적 투석은 한 번 시작하면 장장 4시간이 소요되는 긴 과정이다. 외상센터 안에서 4시간 동안 그 자리를 지킬 만큼 한가한 사람은 아무도 없었다. 좌절의 연속이었다.

그렇게 머리털을 하나둘 쥐어 뽑다 원형 탈모가 생기기 일보 직전이 될 무렵, 갑자기 D의 소변 줄에 노란 물이 차오르기 시작했다.

"와, 소변이다!"

나와 외상 중환자실 간호사들은 만세를 부르며 춤을 췄다. 신장내과에서도 불가능할 것 같다던 일이었다. 쇼크로 인한 급성 신손상은 극적으로 넉 달 만에 회복됐다. 나는 팀

원들을 볼 때마다 자랑 아닌 자랑을 했다.

"그거 알아요? 내 환자가 드디어 소변을 봤어요. 오줌을 쌌다고요!"

외상외과 의사는 참으로 이상한 직업이다.

＊ ＊ ＊

이제는 정말이지 그가 일반 병실로 나갈 모든 준비가 끝난 것 같았다. 이사 나갈 호실도 배정받았고, 최종 연락을 받은 부인이 간병을 위해 4시간 되는 거리에서 기차로 올라오고 있었다. 그런데 또 청천벽력 같은 소식이 들려왔다.

"못 갈 것 같아요, 교수님. 일반 병실 간호사들이 D 환자 받는 것을 거부합니다…."

D를 위한 편지 4: 살아 줘서 고마워요

머릿속에서 탁 하고 이성의 끈이 끊어지는 소리가 났다. 내겐 더 이상의 인내와 평정이 남아 있지 않았다. 씩씩대며 35병동 수간호사 선생을 찾아갔다.

"왜! 이번엔 또 왜 안 된다는 건데!"

그동안 '안 돼요', '못 해요'라는 말을 너무 들어서인지 노이로제에 걸릴 지경이었다.

"아휴, 선생님. 좀 진정해 봐요. 안 된다는 게 아니고….."

"안 된다는 게 아니면 뭔데요! 납득을 못 하겠네, 진짜."

이 시기에는 새로 오는 간호사보다 그만두는 간호사가 유독 많았다. 일반 병동 간호사 한 명당 돌봐야 하는 환자 수가 감당할 수 없을 정도였으니, 점점 그만두는 간호사가 많왔다. 인력 부족의 악순환이었다. 이런 상황에서 인공호흡기를 달고 있는 환자를 받아야 한다니 모두가 겁을 먹은 것이었다.

게다가 그들 말대로, 개원 이래 가정용 인공호흡기를 단 채 일반 병동에 입실한 환자는 D를 제외하면 딱 한 명뿐이라고 했다. 그야말로 입으로만 전해 내려오는 전설에 가까웠다.

"제가 애들 설득하고 가르쳐 볼게요. 조금만 시간을 주세요."

과거 응급실에서 중환자를 많이 다뤄 본 경험을 살려, 35병동 수간호사 선생은 침착하게 병동 간호사들에게 가정용 인공호흡기를 다루는 법에 대해 교육했고, 그렇게 막연함에서 오는 두려움을 극복하게 해 줬다.

여기에는 외상 중환자실 간호사들의 노력도 한몫했다. 바쁜 와중에도 짬을 내어 35병동으로 나와 간호사들과 보호자에게 최대한 많은 노하우를 일러 줬다. 출근하다, 퇴근하다 마음이 쓰인다며 들른 간호사도 있었다. 모두 고마운 사람투성이었다.

그렇게 그는 병원에 온 지 139일째 되던 날 외상 중환자실을 벗어났다.

35병동으로 옮긴 D의 얼굴은 한결 윤택해졌다. 부인은 밝고 빛나는 긍정의 에너지로 극진히 간병했다. 그는 여전히 목에 있는 구멍 때문에 말을 할 수 없었고 계속 사지가 마비된 상태였지만, 내가 회진을 갈 때마다 멋진 미소를 날려 주는 것을 잊지 않았다.

미뤘던 성형외과 수술도 진행하기로 했다. 뚫려 있던 입천장을 막고, 허벅지와 골반에 생긴 거대한 농양은 피판술[1]로 채웠다. 훈련을 통해 위루관[2]으로 공급하는 경관 유동식의 칼로리도 최대치로 끌어올렸다. 단장증후군[3]이 있음에도 그는 더 이상 몸무게가 빠지지 않고 적정선을 유지했다. 어느새 그는 나의 손을 떠나서 날아갈 준비를 하고 있었다.

D가 집 근처 재활 병원으로 전원을 가게 된 날, 모두가 울었다. 그도, 부인도, 간호사들도. 헤어짐을 축하하면서도 아쉬운 마음, 함께한 시간에 대한 회한, 그 모든 게 뒤섞였다. 그 자리가 울음바다가 될 것임을 알았기에 나는 따로 작별 인사를 했다(사실, 내가 제일 크게 울까 봐 그랬다). 부인은 내게 이런 편지를 남겼다.

[1] flap surgery, 신체 다른 곳의 피부나 조직을 가져와 덮는 수술
[2] 음식 섭취가 불가능한 환자의 영양 공급을 위해 위에 직접 연결한 관
[3] 작은창자가 짧아 소화흡수율이 저하돼 발생하는 대사장애

이쁜이 교수님께.

교수님. 일곱 달이라는 시간 동안 저희 남편도,

저도 잘 챙겨 주셔서 감사했습니다.

교수님은 늘 "일이니까"라고 하셨지만,

그래도 저는 교수님이 언니처럼 참 좋았습니다.

교수님. 저희 남편 포기하지 않고 살려 주셔서

고맙습니다.

저희 남편이 전원 갈 수 있게 끝까지 힘써 주셔서

고맙습니다.

앞으로 저희 가족에게 어떤 일이 일어날지

알 수 없지만 교수님이 애써 살려 주신 저희 남편

잘 돌보며 열심히 살게요.

그동안 우리 남편을 함께 돌봐 주신 외상팀,

얼굴도 이름도 다 알지 못하지만 감사드립니다.

헤어짐이 아쉽지만

앞으로도 많은 생명을 살려 주세요.

감사했습니다.

＊ ＊ ＊

지금까지 내가 돌본 환자 중 가장 용맹하고 삶의 의지가 강했던 D에게.

지난주에 나는 당신의 부인이 보내 준 동영상을 보고 또한 번 눈물을 흘려야만 했습니다. 목에 있는 구멍을 막고 사력을 다해 목소리 내는 연습을 하는 모습이었지요. 그것이 최초로 당신 목소리를 듣는 순간이었습니다. 정말 영화배우 뺨치는 멋진 목소리더군요.

제게 하고 싶은 말이 참 많았을 텐데, 입술 모양만 보고 맨날 무슨 말인지 못 맞혔던 것 미안합니다. 그럴 때마다 오만상을 찌푸리며 답답해하던 당신의 모습이 생각나서 웃음이 나네요. 아이 이름을 단 한 번만이라도 소리 내어 불러 보고 싶다고 했던 가슴 아픈 기억은 이제 지우도록 할게요.

저한테 살려 주셔서 고맙다고 그러셨지요. 그런데 그 말 이제 제가 다시 돌려드리고 싶어요. 제가 당신을 살린 게 아닙니다. 당신의 영혼이, 당신의 굳은 심지가 스스로를 살린 겁니다. 나는 그저 옆에서 도왔을 뿐입니다.

살아 줘서 고마워요.

Chapter 3

당신이
열두 번 실려 와도

모놀로그: 메스를 함께 잡은 손

스물여덟 살 남자가 의식을 잃고 수술대 위에 앙와위[1]로 있다. 1초, 2초, 3초…. 초마다 환자 복부가 부풀어 오른다. 마취제와 근육 이완제가 라인을 따라 주입된다. 이미 인튜베이션은 되어 있어. 전신마취 완료.

환자 상의를 탈의하고 베타닌 용액을 복부에 붓는다. 대강만 닦는다. 그런데 아이 머리만큼 부어 있는 환자 허벅지가 눈에 밟힌다. 유틸리티 드레이프[2]로 덮어 버린다. 복부에만 집중하게.

보비[3]와 석션 두 개 무영등[4] 손잡이 설치 완료. 레벨

---

[1] 얼굴이 천장을 향해 누운 상태 [2] utility drape, 외과용 수술포
[3] bovie, 출혈점을 전기로 지지는 지혈 도구
[4] 수술대 조명. 수술 부위에 손 그림자가 생기지 않는다

원,[5] 급속 혈액 주입 시작. 그리고 말한다. 메스를 달라고.

환자가 무슨 사연으로 여기에 누워 있는지는 잊어버려. 살려야 한다는 생각만 해. 검상돌기[6] 직하방에서 치골결합 상방까지, 복부 정중선을 따라 쭉 배를 가른다. 최대한 곧고 길게, 피부를 포함해 피하지방층까지 단칼에 갈라야 해. 이땐 치골 밑 방광을 손상시키지 않아야 한다. 시간이 없으니 소작[7]은 시행하지 않는다.

복직근[8] 사이 백색 선이 보인다. 원래는 직선이어야 할 섬유 결합이 복강 내 압력 때문에 포물선 모양이 되어 버렸군. 이 포물선의 꼭짓점에 작은 구멍을 낸다. 피가 활화산 용암처럼 뿜어져 나온다. 내 신발 속으로 뜨겁고 끈적한 액체가 흘러들어 온다. 동요하지 마.

왼손 검지와 중지로 꼭짓점 구멍을 벌려. 그리고 메이요 시저[9]로 근막과 복막을 계속 썰어 나가는 데 집중하자. 이제 복강 진입 완료. 이제 복강을 사분면으로 분할해, 출혈이 가장 심한 곳부터 거즈 패킹을 시작한다. 우상, 우하, 좌하, 좌상… 마흔 장 넘는 거즈가 켜켜이 쌓인다. 그래도 피가 계

[5] 큰 구경의 관을 통해 가온된 혈액이나 수액을 급속히 주입하는 기계
[6] 양쪽 갈비뼈, 명치 바로 밑에서 튀어나온 돌기
[7] 보비로 출혈점을 지지는 것   [8] 복부 중심에 수직으로 난 근육   142

속 올라온다. 우상 쪽이 가장 고약하다. 패킹하다 거의 반으로 쪼개진 간을 봤다.

70, 60…. 수축기 혈압이 빠르게 떨어진다. 정반대로 나의 심장박동수는 올라가고 있다. 심장이 펄떡거리면 기침이 나고 수처가 제대로 되지 않는다. 불현듯 배가 갈린 채 누워 있는 환자의 사연을 떠올린다. 음주운전으로 역주행한 차량과 정면 추돌한 배달 기사. 들은 건 이게 전부다. 하지만 그것만으로도 내 평정심을 뺏어 가기에 아주 충분하다. 이 가엽고도 불쌍한 사람은 어떻게든 살아야 한다. 살려야 한다. 콜록콜록, 내 심장이 더 세차게 요동친다.

갑자기 어둡다. 이상하네, 누가 불을 껐나. 석션 소리도 들리지 않아. 지금 여긴 세 가지만이 존재한다. 나, 배 갈린 환자, 무영등. 그러니까 눈이 멀 듯한 강렬한 조명 아래 나와 환자뿐이다. 아무도 없어. 아무 소리도 들리지 않아. 지구 별에 남은 인간이 나뿐이라 생각하니 갑자기 고독해진다.

출혈 부위를 못 찾을 것 같아. 간을 꿰매도 혈압이 계속 떨어진다면, 만약 장을 내회전[10]시키다 더 많은 피가 나오

---

[9] mayo scissors. 굵은 조직을 자를 때 쓰는 수술용 가위
[10] 심부 혈관 등 구조물을 보기 위해 장막을 분리해 장을 회전시키는 것

면, 그렇게 이 환자를 살리지 못하면…. 메스를 잡은 손에 힘이 점점 풀리고 몸이 점차 고꾸라진다.

덥석, 누군가 내 오른손을 거칠게 부여잡고 수술대 위로 올린다. 뭐지, 분명 나밖에 없었는데. 60년간 빠짐없이 나선 농사일에 그을려 버린 검고 쭈글한 손이다. 쭈글한 손 위에 또 덥석, 조금 전까지 지게차를 운전하던 굳은살 많고 육중한 손이다. 육중한 손 위에 또 덥석, 아빠의 선물인 첫 차를 운전하던 희고 여린 손이다. 여린 손 위로 또 덥석, 덥석, 덥석…. 마침내 작고 포동포동한 아가 손까지, 내 손 위에 여섯 개의 손이 쌓였다. 그렇게 메스를 함께 잡은 일곱 개의 손이 다시 수술을 시작한다.

그동안 내가 떠나보낸 환자들은 모두 어디로 갔을까. 선서가 잊히고 두려움이 자유의지를 잠식할 때 나는 항상 그들을 떠올린다. 천사가 되어서는 굳세어라 내 등 두들겨 주고, 울지 마라 속삭여 주는 그들. 누군가의 생의 끝자락에서 내가 움츠릴 때 한 번 더 용기를 주는 그들. 누군가의 부서진 몸만 치유할 것이 아니라 온당치 못한 사회와도 싸우라는 그들. 소외된 이들을 잊지 말라 되새겨 주는 그들. 그들이 항상 내 뒤에 함께하기에, 오늘도 나는 수술실에서 혼자가 아니다.

뜨거운 것으로 충만해진 내 심장이 차분해지며 기침이 잦아들기 시작했다. 이제 다시 현실로 돌아와 출혈 부위를 찾아낸다.

"프롤린[11] 1-0 주세요. 제일 큰 바늘로."

[11] prolene, 녹지 않는 수술 봉합용 실

나의 할아버지

나의 외할아버지 권태선(세례명 마태오) 씨는 위대하신 분이었다.

어린 시절, 할아버지에 대한 대부분의 기억은 방에서 하루 종일 크게 튼 라디오를 들으시며 장문의 한자 글을 적으시던 모습이었다.

좀 더 특별한 기억은 명절날 한복을 차려 입으시고, 가족들 앞에서 또랑또랑한 목소리로 늘어놓으시던 일장 연설이었다. 그 주제는 매번 달랐지만, 주로 인생을 지혜롭게 살아가는 방법에 대한 것이었다. 목숨을 거셨던 6·25 참전 스토리는 물론 가족을 위해 희생하셔야 했던 절절한 사연까지. 당신 인생의 우여곡절만큼이나 자식, 손주들에게 전하시고픈 말은 늘 끝을 몰랐다.

문제는 할아버지의 연설이 끝나기 전까지는 아무도 숟가락을 들 수 없다는 점이었다. 노란 알밤이 들어간 갈비찜이 더 이상 김을 피워 내지 않고 차갑게 식어 갈 때쯤에는 표창장 수여가 시작됐다.

색색의 형광펜으로 정성스레 꾸민 표창장을 받는 기회는 매년 골고루 돌아갔는데 손자, 손녀에 대한 차별은 없었다(물론 수상자 선정의 변이 30분씩 추가된다는 단점이 있었다). 그리고 표창장을 받은 착한 어린이는 세상을 이롭게 하는 위대한 사람으로 자라야 함을 명심하라고 하셨다. 위대한 사람, 할아버지의 그 말은 내게 큰 울림이었다.

갈비찜이 먹고 싶어, 할아버지의 연설이 끝나기만을 기다리던 꼬마는 어느새 성년이 됐다. 늘 거대하게 보였던 할아버지께선 점차 작고 연약한 노인으로 바뀌어 갔다. 암으로 위 절제술을 받으신 이후로는 명절날이 와도 혼자 당신 방에서 조용히 죽을 드셨다. 아마도 우리에게 약한 모습을 보이기 싫어 그러셨던 것 같다. 예전에 반주로만 적당히 걸치시던 소주는 그 병이 쌓여 가는 속도가 점점 빨라졌다.

앉아 있는 시간보다 누워 있는 시간이 길어질 때쯤, 할아버지께서는 아직 백일밖에 되지 않았던 증손녀의 돌잔치를 못 보고 갈 것 같다며 내 손에 돌 반지를 쥐어 주셨다. 더 이상 집에서 돌보기 힘든 지경이 되자 할아버지께서는 요양 병원 신세를 지게 되셨다.

솔직히 말하면, 나는 요양 병원으로 할아버지를 뵈러 몇 번밖에 가지 못했다. 직장에서는 치프 레지던트로, 집에서는 초보 아기 엄마로 하루하루 앞가림을 하기에도 벅차다는 게 핑계였다. 그러면서도 항상 요양 병원에 누워 계신 할아버지의 모습이 마음에 걸렸다. 그 똑똑하신 분이 하루 종일 침대에 누워 천장만 보고 있자니 얼마나 답답하고 미칠 노릇이실는지.

할아버지께서는 의식이 명료했지만 나름 중환자로 분류되어, 무의식의 노인들만 누워 있고 텔레비전도 없는 방에 배정되었다. 그러니 근처에 대화조차 나눌 사람이 없었다. 마지막으로 뵈러 갔을 때 할아버지께서는 옆자리 영감한테 감기가 옮을지 모르니 이제 그만 오라며 내 걱정을 하셨다.

그런데 어느 날 갑자기, 할아버지께 달려가고 싶어졌다. 전화기조차 집어 드실 기운이 없는 할아버지께 세상 소식을 계속 전하고 싶었다. 그렇게 나는 급히 인터넷을 뒤져 목걸이형 라디오를 주문했다. 최대한 작동 방식이 단순한 걸로.

"할아버지, 이걸 누르면 켜지고, 다시 누르면 꺼져요. 이걸 위쪽으로 돌리면 소리가 커진대요. 하실 수 있겠어요?"

"그것 참 귀엽게 생긴 라디오로구나. 네 딸내미처럼 아주 귀엽다."

할아버지께서는 이것저것 눌러 가며 이어폰에서 들려오는 목소리에 귀를 기울이셨다. 참 오랜만에 듣는 사람의 목소리라 하시면서.

그렇게 라디오를 갖다드린 지 사흘 만에 할아버지께서는 급성 폐렴으로 돌아가셨다. 더 이상 할아버지의 연설을 들을 수 없는 세상에 살게 된 이후에도, 나는 선택의 기로에 설 때마다 그 울림을 떠올리곤 한다.

'이 일은 세상을 조금이라도 이롭게 하는가'

'나는 위대한 사람이 되어 가고 있는가'

의대를 졸업하고 전공 과목을 선택할 때도, 전문의가 된 뒤 외상외과 의사를 업으로 삼기로 했을 때도 그 울림은 지대한 영향을 미쳤음이 분명하다.

할아버지, 저 이만큼 큰 거 보고 계신가요.

할아버지께서 기대하신 만큼 위대한 사람이 되지는 못했지만, 늘 제게 해 주신 말씀을 기억하고 있어요. 저는 언제쯤 할아버지처럼 거대한 사람이 될 수 있을까요. 라디오 늦게 갖다드려서 너무 죄송해요 할아버지.

많이 보고 싶어요. 사랑해요 할아버지.

그때는 말해야 한다

약대 졸업반이었던 나는 약사 고시가 목전이었고, 여기에 의학전문대학원 입시도 준비하고 있었기 때문에 학교 근처에서 하숙을 하고 있었다. 집까지는 지하철로 40여 분 정도 거리였지만 그 시간조차 아깝다는 생각이었다. 처음엔 고시원에서도 살아 봤지만 전자레인지 하나만으로 밥을 해결하기에는 한계점이 많았다. 그래서 밥을 주는 하숙집으로 옮기게 되었다.

하숙집 '킹콩하우스'는 연식이 좀 된 곳이었지만 주변 신축 하숙집과 동등한 시세를 형성했다. '전문 영양사'가 상주하고 있다는 이유에서였다. 학생의 건강과 영양 상태에 맞춰 아침저녁을 짓는 분이 따로 있으니 믿고 입주하라는 광고가 내 눈에 띄었다. 신축이냐, 밥이냐. 기왕 밥 때문에 이사를 결심했으니 이름이 좀 거슬리긴 했지만 결국 이곳을 택했다.

킹콩하우스에는 수많은 규칙이 있었다. 외부인 출입 금지(부모, 형제도 불가), 복도에서 잡담 금지, 식당에선 소리 나는 영상 보기 금지 등등…. 온갖 금지에 대해 적힌 포스터가 어디에나 붙어 있었기에 오히려 그것을 지키지 않는 편이 더 어려웠다.

나는 킹콩하우스에서 모범 하숙생에 속했다. 그럴 수밖에 없는 게 머무르는 시간 자체가 매우 짧았으니까. 해가 뜨면 아침을 주는 가장 이른 시간에 밥을 후루룩 삼킨 뒤 학교 도서관으로 향했다. 그리고 온종일 의자에 엉덩이를 붙이다가 도서관 문을 닫는 시간이 되면 돌아왔다. 그리고 샤워를 한 뒤 침대 맡에 놓여 있던 책을 10분간 읽은 뒤 취침하는, 아주 규칙적인 생활이었다.

점심과 저녁은 학교에서 해결할 때가 많았다. 그러니 나는 전문 영양사의 수혜를 하루에 많아야 한두 번 입었다. 주로 어두컴컴한 때만 움직였으니 계약서 쓰던 날을 제외하고는 주인 내외의 얼굴을 볼 일도 없었다.

"아유, 학생. 정말 얼굴 보기 힘드네. 오늘 학생이랑 꼭 하고 싶은 얘기가 있어서 기다리고 있었어."

저녁 9시가 넘은 시간이었다. 계단참에서 마주친 것은 주인 내외였다. 그때 아주머니의 생김새는 기억이 잘 나질 않는다. 다만 꽤 추운 겨울날이었기에 양털이 고슬고슬한 수면 조끼를 걸치고 어그 부츠를 신고 있었던 것은 확실하다. 아저씨는 금테 안경을 쓴, 꽤나 인자한 인상이었다.

주인 내외가 말하길 요즘이 하숙생들에게 건의 사항을 받는 시기라고 했다. 여기 세계에는 그런 것도 있구나 싶었다. 그런데 딱히 생각나는 것이 없었고 몸이 피곤하기도 해서 그런 게 없다고 간단히 대답했다.

"그러지 말고, 자~알 생각해 봐. 정말 할 얘기가 하나도 없어?"

"그래요, 학생. 어렵게 생각하지 말고. 우리 부모님이다 생각하고 편안하게, 무슨 말이든 해도 괜찮아."

그냥 가려는 나를 놓아주질 않으니, 결국은 갈 길을 멈춰 서고 골똘히 지난날을 되짚어 봤다.

킹콩하우스에 온 지 다섯 달쯤 된 때였다. 입주하고 한두 달 동안은 전문 영양사라는 분이 식당에 보이는 듯했다. 하지만 시간이 흐르면서 그녀는 자취를 감췄고, 밥은 아마도 그녀가 애당초 존재하지 않았던 때로 회귀한 듯했다. 반찬 하나를 1주 내내 재탕한 적도 있었다. 다른 하숙생들도 이에 대해 불만이 많았다.

하지만 내 인생에서 밥이라는 것은 하루 세 번이나 먹어야 하는, 매우 귀찮고 번거로운 것에 불과한 정도였으니 아무런 지장이 없었다.

"요즘 애들은 정말 자기 의견 말할 줄을 모르네. 이렇게 기회를 줘도 한마디 하는 애가 없어."

"하숙생들이 아무런 건의 사항도 말하지 않았나요?"

"그래. 마지막으로 학생이랑 면담하는 건데 한 건도 들은 게 없어. 우리 하숙집이야 뭐 워낙 빠질 데 없이 편안한 걸로 정평이 나 있지만. 호호호."

이상했다. 왜 아무도 밥에 대해 말하지 않았을까. 분명 밥 때문에 다른 하숙집으로 옮길지 심각하게 고민하는 하숙생들이 많았는데 말이다. 다른 호실에 살던 과 친구도 분명 과대광고로 사기를 당했다며 한탄하곤 했었다.

"저, 그럼 한 가지 말씀드릴 게 있는데, 전문 영양사 분이 안 계신 이후로 식사가 좀 달라지긴 했어요. 그전까진 정말 만족스러웠거든요."

여기까지만 말했는데 아주머니의 얼굴이 붉으락푸르락 달아오르기 시작했다.

'아, 진짜로 건의 사항을 말하라는 게 아니었구나.'

그때서야 깨달았다. 아주머니는 더 할 말이 있는 듯해 보였지만, 날이 늦었으니 이만 들어가서 잘 자라는 아저씨의 만류에 이내 멈추었다.

사달은 다음 날 밤에 발생했다.

"305호 학생, 당장 나와 봐. 네가 우리한테 이럴 수 있어? 어?"

"네? 무슨 일인데 그러시죠?"

"이 문자 네가 보낸 거지? 이런 말을 할 수 있는 사람은 아무리 생각해 봐도 학생밖에 없어."

그나마 킹콩하우스에서 인자한 역할을 담당한다고 생각했던 아저씨가 다짜고짜 내 눈앞에 자신의 휴대폰을 들이밀었다. 휴대폰엔 발신자 번호가 지워져 있는 문자 한 통이 있었다. 아주 잘 나열된 육두문자의 향연이었는데, 내용을 해석하자면 '하숙집 밥맛이 형편없어 도저히 먹을 수가 없으니 네 어미 입에나 갖다 넣어라'는 것이었다.

황당했다. 그렇게 정성스럽게 문자를 보낼 만큼의 시간

적 여유가 내겐 없었으니까. 게다가 나는 발신자 번호를 지우고 문자를 보낼 만큼 용기 없는 사람도 아니다. 뒤에서 얘기하지 않는다. 나는 침착하게, 아저씨에게 번호 없는 문자의 발신자를 추적하는 절차가 있음을 설명했다.

"내가 뭐 하러 그렇게 해야 하니? 내 눈앞에 범인이 있는데. 십수 년간 하숙생들을 받아 봤지만 너 같은 하숙생은 본 적이 없어. 배은망덕한 것, 우리가 얼마나 사랑으로 돌봐 줬는데…."

그 말 중에 사실은 하나도 없었다. 나는 범인도 아니었고, 규칙을 제멋대로 무시하는 하숙생들이 얼마든지 많았다. 게다가 나는 정해진 날짜에 정해진 월세를 성실하게 냈으니 그들이 인류애적 사랑을 기반으로 나를 돌봐 줬다는 것도 거짓에 가까운 진술이었다.

"왜 저라고 단정 지으시는지 모르겠지만 저는 아닙니다. 번호 추적 꼭 해 보세요. 저를 위해서가 아니라 두 분을 위해서요."

그렇게 나는 킹콩하우스를 떠나 버릴 수도 있었지만 그러지 않았다. 중요한 시험을 앞두기도 했고, 잘못한 것도 없이 도망치는 듯한 인상을 줌으로써 그들 승리에 방점을 찍어 주고 싶지 않아서였다.

한국 사회에서 자신의 주관대로 의견을 말한다는 것은, 자신의 당돌함에 대해서 비난과 징계를 달게 받겠다는 일종의 합의서에 서명하는 것과 동등하다. 억울하고 불합리한 상황이라도 일단 함구한다. 그게 제일 안전하고 평탄한 방법이기도 하다. 그리고 함구하는 게 지탄받을 일도 아니다. 나름의 이유가 있을 테니까.

하지만 모두가 함구하면 우리 사회는 어디로 갈까. 누구나 현생이 지옥처럼 느껴지는 시점을 경험하기에 생은 고단하다. 아무것도 바뀌지 않을 것이 자명한 세상에서 과연 우리는 생을 이어 갈 이유를 찾을 수 있을까. 변화에 대한 아무런 희망도, 작은 단서도 없는 삶에는 꾸역꾸역 살아가야 할 근거가 있을까.

나는 잔 다르크 같은 인물은 절대 되지 못한다. 그렇지만 내일이 오늘과 똑같은 그저 그런 하루라면. 내 무지로 인해 잃은 환자가 다른 환자의 모습으로 또다시 왔을 때 살리지 못함을 반복해야 한다면, 오늘 발생한 불공평한 일이 내일도 반복된다면 말할 것이다.

식당 밥이 너무 형편없어졌다고.

내 귀에 실외기

"윙윙윙윙."

대형 에어컨 실외기가 돌아가는 듯한 소리가 왼편에서 계속 들렸다. 이렇게 큰 소리를 낼 만한 기계가 당직실 안에는 없는데. 시간은 자정을 향해 가고 있었고, 주변은 쥐 죽은 듯 조용했다. 저 실외기 소리를 제외한다면.

'자고 나면 괜찮아지겠지.'

다음 날 아침, 사람이 많은 곳으로 나가 보니 실외기 소리가 전혀 들리지 않았다.

'거봐, 괜찮네. 환청을 들었나?'

하지만 조용한 곳으로 가니 여지없이 왼편에서 실외기 소리가 따라붙었다. 그 상태로 이틀이 지나자 귀가 먹먹해지고 어지러워 길을 똑바로 걷지 못하는 지경에까지 이르렀다.

"아직 메니에르병이라고 진단하기는 좀 이르긴 한데⋯. 너무 무리하는 거 아니에요? 잠은 잘 자고요?"

청력검사 결과를 듣는 자리에서 이비인후과 교수님이 묻는다. 이 질문에 답변을 하기 위해서는 우선 두 가지 개념에 대한 정의를 내려야 했다. 바로 '무리한다'와 '잘 잔다'에 대한 기준점이다.

나는 1주에 한두 번 당직을 서고, 틈틈이 만 여섯 살 아이를 돌보며, 아이가 잠든 뒤에는 세 가지 임상 시험에 대한 논문과 연구계획서, 강의록을 쓰고, 장거리 출퇴근을 한다. 이 생활이 과연 '무리한다'의 범주에 속할까. 맞을 수도 있고 아닐 수도 있다.

그리고, 당직을 서는 24시간 동안은 아무 때고 울려 대는 전화기와 들이닥치는 환자로 하얗게 밤을 지새우는 것이 일상이다. 하지만 당직을 서지 않는 날에는 그런 대로 잠을 자는 편이다. 그렇다면 '잘 잔다'의 범주에 속할까. 직장인치고 만성 수면 부족에 시달리지 않는 사람은 없을 터였다.

"우선 잘 주무시고요, 커피랑 술은 금지입니다."

"잘 잘 수가⋯ 아니, 그러면 전 뭘 먹고 살라고요?"

"음. 커피랑 술 빼고 전부 다?"

하루 종일 커피를 홀짝대는 내게 커피 없이 살라는 것은 곡기를 끊으라는 말과 같다. 게다가 육아 퇴근 후 혼자 따는 맥주 맛이 얼마나 좋은데, 이걸 다 포기해야 한다니. 그러고는 잠을 잘 자라니. 아무것도 하지 말고 숨만 쉬란 말인가.

"웡웡웡웡."

도저히 지킬 수 없을 것 같은 처방을 듣고 나니 실외기 소리가 더 커지는 것 같았다.

"그저 잘 조절하면서 사는 수밖에 없지. 나도 얼마 전에 돌발성 난청 왔었잖아."

원내식당에서 같이 식사하던 센터장님의 말이다. 우리 외상센터엔 참 좋은 사람들이 많다. 외상외과 7명, 심장혈관외과 4명, 신경외과 1명, 정형외과 1명으로 구성된 우리 팀은 늘 서로에 대해 배려하며 걱정을 멈추지 않는다. 이렇게 좋은 사람들이 하나같이 환자를 위하는 마음으로 한데 어떻게 모였을까 싶다.

하지만 평소엔 가족처럼 지내다가도 환자 치료 방침을 두고 벌이는 토론에는 자비가 없다. 사망 환자의 경과에 대해 평가하는 중에 울면서 회의실을 뛰쳐나가는 사람도 있었다. 그러다가도 언제 그랬냐는 듯 서로를 다독이며 의지한다. 그래, 이런 게 팀워크지.

그렇지만 내가 4년 전 합류한 이래로 나보다 어린 의사는 추가로 들어오지 않았다. 사실 요즘 누가 외상외과 의사를 하겠는가. 그렇게 남은 우리는 서로의 건강을 염려하며 함께 늙어 가고, 지쳐 가는 중이다.

난청과 이명이라는 녀석들을 안고 살아야 하는 운명은 받아들이기 제법 슬픈 일이었다. 그 와중에 나는 녀석들의 쓸모를 찾아보기로 했다. 가령, 듣기 싫은 말을 들어야 할 때 온몸의 신경을 곤두세워 실외기 소리에 집중한다.

"지금 당장 서울 쪽 병원으로 전원시켜 주세요. 의사도 기술자 아닙니까? 아니, 치료를 제대로 할 줄 모르면 손을 바꿔 봐야 할 거 아니야."

"웡웡웡웡."

"엄마, 죽지 마. 엄마! 나 두고 가지 마!"

"웡웡웡웡."

"외상 환자를 받아 주는 병원이 없어요. 방금 전까지 전화를 10통 넘게 더 돌렸습니다."

"윙윙윙윙."

개똥도 약에 쓸데가 있었다.

바이탈과[1]에 종사하는 의료진의 평균연령은 계속 올라가고 있다. 나라에서는 10년 뒤쯤 효과를 볼까 말까 싶은 의대생 증원을 대안으로 내놓았다. 몰락해 가는 지방의 필수의료를 논하는 주요한 자리에 실제로 지방에서 일하는 필수의료과 의사가 초청된 적은 단 한 번도 없었다.

동기들과 비교하면 대단히 특출나지도 않은 내가 대학에서 교수가 될 수 있었던 이유가 있다. 물론 운이 좋게도 육아에 헌신적이고 나의 꿈을 응원해 주는 배우자를 만난 덕도 있다. 그러나 더 큰 이유는 의대 교수가 기피 직종이 되었기 때문이다. 묵묵히 의업을 행해 온 교수들에게 돌아온 것은 병원의 적자 고지서와 소송장, 그리고 낙숫물이라는 능욕이었다.

후학을 양성하는 보람도 솔직히 사라진 지 오래다. 의대생과 젊은 의사들은 모두 알고 있다. 순간의 사명감으로 바이탈과에 들어서는 순간, 인생이 엄청나게 피곤해진다는 사

[1] vital, 사람의 생명과 연관된 과. 내과, 외과, 산부인과, 소아과로 일명 '내외산소'라 부른다

162

실을.

꼭 칼을 들고 피를 짜야만 진정한 의사가 아니다. 병마의 고통을 덜어 주고 죽어 가는 이를 살리고자 하는 간절함, 우리를 처음 의사의 길로 이끈 것은 분명 그 간절한 인류애 한 조각이었다.

어쩌면 우리 모두가 거대한 실외기 소리에 시달리고 있는 게 아닐까. 비록 오늘날 각자 서 있는 자리와 종사하는 의업의 종류는 다를지라도 인류애 한 조각은 문신처럼 사라지지 않는다. 잘 보이지는 않지만 어디엔가 반드시 남아 있다.

실외기 소리는 비단 의사의 머릿속에서만 울리는 게 아니다. 우리 모두가 실외기 소리에 가려진 사회의 작은 소리에 귀 기울여야 한다. 기나긴 장례식을 준비하듯 하루하루를 힘들게 살아가는 소외 계층의 구조 요청, 지켜지지 않는 산업 안전 지침으로 희생당하는 이들의 외침, 아동 학대를 비롯한 각종 범죄 피해자들의 비명 같은 것 말이다.

당신 말고 없어?

"이○○ 님 수술한 외과 교수입니다. 복부 충격으로 장간막[1]이 찢어져 출혈 있었는데 다행히 피가 나는 혈관 찾아 묶었습니다. 더 이상 출혈 없는 것 확인했고 수술하는 내내 혈압이 안정적이어서 복강경으로 무사히 종료했습니다."

"아이고, 세상에. 저희 남편 어떻게 되는 줄 알고 너무 걱정했어요. 그런데 간호사 선생님. 수술해 주신 담당 교수님은 어디 계시죠? 감사 인사를 드리고 싶은데…"

동작 그만. 지금의 표정을 그대로 유지한 채 지금 나의 모폴로지[2]에 대한 스캔을 시작한다.

일단 내 복장은 간호사가 아니다. 방금 수술실에서 나왔

[1] 소화관을 복벽에 고정하는 두 겹의 복막
[2] morphology, 형태 혹은 모습

기 때문에 약간의 피가 튄 초록색 스크럽[3]을 입었다. 여기에다 정글에 사는 표범이 그려진 수술 모자를 썼다. 수술이 성공적으로 끝났음을 전달하는 내 목소리는 약간 낮은 톤을 유지하는 침착한 어조였고, 내용은 제법 프로페셔널했다. 무엇보다 서두에 나 자신을 외과 교수라고 설명했다. 생각해보니 아까 수술동의서를 받을 때도 외과 교수라고 말했으니 오늘만 두 번째다.

보호자가 나를 간호사라고 판단한 이유는 내가 여자라서였을까. 참고로 그 자신도 삼십 대의 젊은 여자였다. 내가 의사로 쉽게 인식되지 않던 경험은 일찍이 P.K.[4] 때부터 시작됐다.

고된 본과 3학년 실습을 마치고 동기와 병원 근처 식당에서 매생이떡국을 흡입하던 때였다. "교수님이 어쩌고…" 하는 우리의 대화를 엿들은 식당 주인은 친근감의 표현인지 먼 지역 병원에서 일한다는 당신 조카에 대한 '썰'을 풀기 시작했다. 그러면서 '3교대'가 얼마나 힘든지 안다며, 반찬 더 필요하면 언제든 말하라고 했다.

아! 전지적 비의료인의 시점에선 '병원에서 일하는 여자'라면 일단 간호사로 보이는구나. 그때가 첫 깨달음이었다. 그 이후로 왠지 매생이는 먹기가 싫었다.

[3] scrub, 멸균 처리된 수술복   [4] 본과 3~4학년을 일컫는 말

세월이 흘러 의사가 됐지만 말끔히 정장을 차려 입고 학회장에 가도, 의학 드라마 촬영장에 자문 교수로 가도, 아직도 많은 이들에게 나는 '남자 의사와 함께 온' 존재였다. 모두가 그리 생각하진 않았지만, 매생이떡국의 기억은 그 후로도 꽤나 자주 소환됐다.

사실 여느 사람들의 편견에는 화가 나지 않는다. 실제로 병원에서 여자 성비가 압도적으로 높은 집단은 간호부가 맞으니까. 물론 익숙해지는 데는 시간이 걸렸다. 다만, 함께 일하는 이들의 편견은 정말 참을 수 없었다.

"어제부터 외상 중환자실 꽉 찬 상태입니다. 죄송하지만 더 이상 중증 수용은 불가능합니다."

"거참, 좀 받아 주세요. 우리가 앤지오를 할 사람이 없어서 그렇다니까요."

"상황은 이해하지만 그쪽 권역의 다른 외상센터로 연락해 보셔야 할 것 같아요. 정말 자리가 없습니다."

"아, 진짜! 당신 말고 없어? 당직 의사 바꿔 봐, 의사."

"전화 끊습니다."

외상 핫라인 휴대폰은 외상외과 의사만 들고 있다. 권역 외상센터에서 일하는 이라면 다 아는 사실이다. 그자는 예전에도 몇 번 내가 당직일 때 전원 의뢰로 전화했었다. 나중에 비루한 사과를 건너 건너 전해 듣긴 했다.

그간 겪은 일이 모두 내가 여자라는 이유로 발생한 건 아니다. 또한 나는 내 자신을 페미니스트라 여기지 않는다. 외과 전문의가 되기 위한 수련 과정은 길고 버거웠다. 이를 핑계로 청년이라면 일찍이 고민해 봤어야 할 사회적 문제를 애써 외면해 왔다.

그러나 외상외과 의사이자 한 아이의 엄마로서 사회에 나와 보니, 이 세상에 유리로 만들어진 구조물이 보이기 시작했다. 유리 천장, 유리 절벽, 유리 에스컬레이터…. 없어지는 중이니 아주 없어진 건 아니다. 그 구조물 안에서 흠 잡을 데 없는 사회 구성원으로 살기 위해 여자들이 발버둥치며 사는 모습도 목격했다.

확실한 건, 이 구조물은 어느 한쪽이 만든 게 아니다. 우리 모두가 만들었다. 한국에 사는 남녀 모두는 현재 멸종을 향해 가고 있다. 마치 페스트가 돌고 있는 것처럼 소멸 중인 사회에서 성별로 갈라 치는 싸움이 필요할까. 다 같이 머리띠를 둘러매고 힘을 합쳐도 모자랄 마당에.

닥터 허, 어떻게든 버텨!

잿빛 짧은 커트 머리, 꽈지모도처럼 굽은 등, 다행히도 평범한 검정색 뿔테 안경에 가려져 반쯤 보인 매서운 눈빛. 도쿄 학회장에서의 첫인상은 한마디로 공포스러웠다. 그녀 이름은 아일린 벌저. 미국에서 손꼽히는 외상센터 과장이었으며, 미국외과의사회 회장을 지낸 적이 있는 탁월한 리더다.

이날 학회는 전 세계 외상외과 의사가 모여 중증 외상 치료에 대해 의견을 개진하는 자리였다. 여기서 아일린은 느긋하고 낮은 목소리로 청중의 날카로운 질문을 조목조목 압살했다. 10분 뒤 그녀를 붙잡고 사정 아닌 사정을 해야 하는 내 운명이 점점 더 애처롭게 느껴졌다.

"Excuse me, sir(실례합니다, 선생님)."

세션을 마치고 서둘러 연단을 내려가려던 아일린을 붙잡았다. 그녀는 검정 뿔테 안경을 고쳐 쓰고서는 난생처음 보는 동양인 여자애를 뚫어져라 쳐다봤다(그녀가 말하길 처음엔 내가 '애'인 줄 알았다고 했다. 사실 인종이 다르면 서로의 나이를 잘 짐작하지 못하는 편이다). 일단 그녀의 시선을 끄는 데 성공한 나는 최대한 침착하게 이야기를 이어 갔다. 대략 이런 내용이었다.

"나는 이제 막 커리어를 시작한 외상외과 의사이고, 이렇다 할 경력이나 실력도 없다. 당신은 나의 우상이며, 하버뷰병원이 미국 최고의 외상센터라는 것을 알고 있다. 당신의 리더십이 그 훌륭한 외상센터를 어떻게 이끌고 있는지 내 두 눈으로 직접 보고 자라날 기회를 달라. 나는 비록 여섯 살짜리 딸을 데려가야 하기에 병원에 24시간 상주하지는 못할 것이다. 그렇지만 딸이 유치원에 있는 동안만큼은 최선을 다하겠다."

준비한 말을 뱉으면서 나는 초조하게 그녀의 반응을 살폈다. 그런데 앞선 미사여구에는 아무런 미동도 없던 그녀의 눈빛이 마지막 문장에 녹아내리는 것이었다.

"Sweetheart, you have a daughter? Does she like teddy bears?(자기야, 너에게 딸이 있었어? 그 아이 혹시 테디베

어 좋아해?)"

너무나도 다정한 오케이 사인이었다.

미국 북서부의 도시 시애틀, 다운타운 한복판에 있는 하
버뷰병원은 사진보다 훨씬 거대했다. 외상 코디네이터가 손
수 연필로 그려 준 병원 지도가 있음에도 나는 매 1초마다
길을 잃곤 했다.

그런데 이름 모를 건물 복도 끝 막다른 공간에 갇힐 때
마다, 누군가가 한달음에 달려와 나를 꺼내 줬다. 내가 스크
럽이 있는 로커를 찾지 못해 탈의실을 뱅뱅 돌고 있을 때면
누군가가 XS 사이즈 스크럽을 건네줬다. 아마도 내 가슴에
커다란 광고판처럼 달린 'observer(방문자)'라는 명찰 때문
이었겠지만, 이유야 어찌 됐든 모두가 참으로 친절했다.

특히 아일린은 나를 정말 극진하게 대했는데, 나중엔 그
것이 너무나 부담스러워 그녀를 피해 다니고 싶을 정도였다.
알고 보니 그녀는 팔불출처럼 반려견의 사진을 자랑하고 다
니며, 취미로 뜨개질을 즐기는 지극히 푸근한 사람이었다. 퇴
원 환자에게 손수 뜬 담요를 선물하는 모임을 이끌고 있었으
며 모두가 그녀의 너그러운 미소를 사랑했다. 내가 사람 보
는 눈이 이렇게 형편없었다니! 그녀의 첫인상에 대한 내 상상

은 완벽한 오답이었다.

몇 주의 짧은 시간이었지만, 하버뷰병원에서 만난 사람들은 내게 깊은 울림을 남겼다. 응급실에서 만난 응급의학과 전공의 크리스틴과 사회복지사 마이클이 특히 그랬다.

크리스틴은 나보다 훨씬 언니였다. 병원 1층에 있는 소방서에서 구급대와 함께 현장으로 출동하던 날 그녀를 처음 만났다. 그녀는 원래 응급의학과를 전공할 생각이 전혀 없었다고 했다. 하지만 외상외과 교수인 남편이 헌신하는 모습을 보며 자신도 생명을 다루는 일이 하고 싶어져 뒤늦게 수련을 결정했다고 했다. 내가 한국에서는 응급 의료 종사자가 오진으로 민사 및 형사처벌을 받는 일이 흔하다고 했더니, 그녀는 깜짝 놀라며 당장 미국으로 오라 했다. 말이라도 고마웠다.

마이클은 은행에서 벌어진 총격 사건의 희생자였다. 청원경찰이었던 그는 은행 강도가 쏜 권총에 목을 맞았지만 구사일생으로 목숨을 건졌다. 그렇게 경찰을 그만두고 사회복지사가 됐다. 외상센터에서 그는 자신처럼 중증 외상을 겪었다가 생존한 이들이 일상으로 복귀하는 것을 돕는다. 몸보다 마음에 상처가 더 깊은 환자를 위로하려 집에 찾아가는 경우도 많단다. 환자를 보낸 다음 안부를 걱정하기는커녕 또 다른 환자를 받기 벅찬 우리네 일상이 떠올라 씁쓸했다.

하버뷰병원 바이탈과 의료진은 환자를 돌볼 때 매우 행복해 보였다. 비단 의료진이 아니더라도 생명을 살리는 데 아주 작은 부분이라도 기여한다면 모두 자신의 일에 대해 자부심이 넘쳤다.

그렇게 하버뷰병원에서의 마지막 날이 왔다. 아니나 다를까, 아일린은 나보다 내 딸에게 줄 선물을 더 많이 챙겨 놓았다. 선물 꾸러미 속에는 하버뷰병원 이름이 새겨진 테디베어도 있었다.

"Dr. Heo, stick to it! Never give up!(닥터 허, 어떻게든 버텨! 절대 포기하지 마!)"

그 누구보다 여자 외상외과 의사로서의 애환을 진하게 겪은 아일린의 마지막 조언이었다. 하버뷰병원은 그렇게 나를 한 뼘 더 자라게 했다.

3월 4일 오후 2시 48분

인턴 사흘째 되는 날, 나는 첫 번째 사망 선언을 했다.

"어레스트예요, 선생님!"

채혈하기 위해 다른 환자의 팔을 막 고무줄로 묶던 참이었다. 이미 두 번이나 혈관을 찾는 데 실패했기 때문에 환자는 다소 짜증이 난 상태였다. 그런데 선생님이라니. 무슨 상황인지 허리를 곧게 펴고 주위를 둘러봤다. 아무리 둘러봐도 근방에 의사처럼 생긴 사람은 나밖에 없었다.

'에이, 설마. 심정지 같은 중대한 상황에 인턴을 부른 건 아니겠지.'

갓 발급된 내 의사 면허는 어디선가 등기우편을 타고 날아오는 중이었다. 다시 낑낑대며 혈관을 찾으려는데 이번엔 누가 내 팔을 잡아끌었다.

"선생님! 어레스트라니까요. 지금 빨리 와 주세요."

"네? 저는 아무것도 모르는데…. 누구 환자이길래 그러세요."

"김○○ 과장님 환자예요. 지금 원내에 안 계시니 그냥 인턴 선생님 콜하래요."

인턴의 주 업무는 주로 환자 몸에 있는 각종 구멍에 액체가 드나들도록 도관 삽입하기, 1시간 동안 MRI 찍는 중환자실 환자의 앰부 백 짜기, 전임 인턴이 어디다 버리고 갔는지 알 수 없는 심전도 기계 찾아 헤매기 등 단순노동에 가깝다. 학교에서 배운 지식은 도무지 쓸모가 없었다. 뇌를 잠시 밖에 꺼내 두고 일해도 문제가 되지 않을 정도로.

"삐~."

반강제로 이끌려 방금 심장이 멈춘 노인 환자 앞에 섰다. 탄젠트 곡선이어야 할 심전도 모니터 줄들은 모두 일자를 그리고 있었다.

'이제 뭘 해야 하지? CPR?'

"어, 그럼 에피(네프린) 하나 주시고."

"선생님. 이 환자 DNR[1]이에요. 그냥 사망 선언만 해 주시면 돼요."

사람 심장이 멈췄는데 아무것도 하지 말라니! 내가 끌려온 이유는 무엇일까 싶었다. 그의 뱃속에는 이미 암세포가 빼곡하게 들어차 빈 공간이 없었다. 수술적 치료가 불가능한 상태였다. 그의 가족은 심정지 상황이 오더라도 CPR을 받게 하지 않겠다는 서약서에 며칠 전 모두 서명을 마친 상태였다.

"삐~."

심전도 모니터에서는 소리가 멈추지 않았고 간호사는 계속해 나를 채근했다. 환자의 딸로 추정되는 여성은 이제는 이 세상 사람이 아닌 게 되어 버린 아버지의 손을 잡고서는 고개를 푹 숙이고 있었다. 나는 엄청난 어지럼을 느꼈다.

따지고 보면 사망 선언이란 것은 참으로 이상한 행위였다.

"○월 ○일 ○시 ○분에 ○○ 님 사망하셨습니다."

이렇게만 외치면 그만이었다. 이 문장을 말하는 데에는 도합 10초도 걸리지 않는다. 다만 정확한 사망 시각을 특정해 주는 것이 생각보다 중요하다. 의사가 사망 시각을 특정하는 순간 온갖 서류에 그 시각이 반복적으로 명시되기에.

그런데 정작 사망 시각을 확인하는 시계는 저마다 다르

다. 누구는 휴대폰으로 시간을 보고, 누구는 심전도 모니터 구석에 작게 적힌 시간을 본다. 심지어 병동 벽시계를 보기도 하는데, 알고 보니 그 시계가 10분 느린 적도 있었다. 참으로 우스운 일이다.

내 경우처럼 심정지가 발생했는데 근처에 의사다운 의사가 없는 경우는 어떨까. 영혼이 육신을 떠난 시각과 사망 진단서에 적히는 시각의 격차가 더 벌어지기도 한다. 하지만 나는 구체적인 시각을 말해야 한다.

"3월 4일 오후 2시 48분. 환자 분 사망하셨습니다."

우린 알고 있다. 심장박동수나 혈압이 0을 찍는 순간 죽음이 왔다는 것을, 사랑하는 이가 그렇게 떠나간다는 것을. 하지만 아이러니하게도 본격적인 슬픔과 애도는 의사가 사망 선언을 할 때까지 잠시 보류된다. 아직 사망 선언이 되지 않은 그 짧은 순간은 마치 사랑하는 이가 아직 죽지 않았을 수도 있다는 착각을 주기도 한다. 아니나 다를까. 환자의 딸은 사망 선언이 끝나자 목 놓아 울기 시작했다.

의사로서의 임무를 다한 나는 그다음 무엇을 해야 할지 몰랐다. 어떻게 뭘 해야 할지 몰라 얼결에 그녀를 꼭 안아 줬다. 어색하고 엉터리였던 첫 번째 사망 선언이었다.

＊ ＊ ＊

외상센터에서 일하는 지금, 나는 하루에도 여러 번 사망 선언을 한다. 운 나쁜 날에는 너덧 번씩 할 때도 있다. 하지만 아직도 사망 선언은 내겐 이상한 행위다. 내가 무슨 권한으로 생전 처음 보는 개인의 인생사에 종지부를 찍을 수 있단 말인가. 하지만 나는 꿋꿋이 사망 선언 중이다. 환자를 살리는 것만큼이나 잘 보내 주는 것도 중요하기에. 그들 삶의 시작에는 내가 없었지만 끝에는 내가 있기에.

그렇게 첫 번째 사망 선언 후 1주 뒤, 환자의 딸에게서 편지를 받았다.

아버지를 잘 보낼 수 있게 도와주셔서 고맙습니다.
그때 선생님이 저를 안아 주신 것이 이상하게도 많은
힘이 되었습니다.

그 뒤로 나는 시간적으로나 물리적으로나 여유가 되면 유족을 꼭 한 번씩 안는다. 살려 드리지 못해 죄송하다고도 말한다. 환자를 살릴 수 있는 기막힌 방법이 있는데 일부러 이행하지 않았다고 내 말을 곡해하는 사람은 아무도 없다.

그렇게 우리는 갑작스럽게 삶을 끝낸 고인을 함께 추모하고, 남은 생을 이어 갈 준비를 할 수 있다. 이는 나만의 조촐한 장례 의식이기도 하다. 사망 선언을 한 의사는 고인 장례식에 초대받을 수 없기에.

내가 떠나보냈던 모든 이들의 안식을 빈다.

또다시 살려 낼 겁니다

놀이동산에서 자해로 인해 발생한 다발성 흉부 자상.

전혀 앞뒤가 맞지 않는 문장이었다. 일단 장소부터가 에러다. 어린이의 웃음소리와 솜사탕으로 범벅된 곳에서 이런 비극적인 사고라니! 연유야 어찌 됐든 의사는 손상 그 자체에만 집중하면 그만이니 더는 상상의 나래를 펼치지 않았다.

"엑스레이 빨리 불러 주세요. 어어, 혈압 떨어진다."

심전도 모니터에 빨간 줄로 나오던 동맥압이 점점 낮은 진폭과 주파수를 그리며 널뛰기 시작했다.

"카디악 탐폰![1] 심낭천자[2] 준비, 얼른!"

---

[1] cardiac tamponade, 압박된 심장이 피를 충분히 채울 수 없어 심박출량이 줄고, 혈압이 떨어지는 상태
[2] 심장막에서 체액을 빨아들이는 것

카디악 탐폰이 생겼다는 것은 자상으로 인해 심장 어딘가가 훼손됐다는 의미다. 초음파를 보던 흉부외과 의사가 다급하게 18게이지[3] 주삿바늘을 찾더니 이내 흉골 바로 아래에서 왼쪽 견갑골을 향해 45도로 신중히 찔러 넣었다.

마침내 심막이 뚫리자 주삿바늘에 연결된 시린지[4]로 검붉은 피가 흡인되어 고이기 시작했다. 미쳐 날뛰던 동맥압 그래프는 약간의 제 모습을 찾았다.

환자는 개흉술을 위해 즉시 수술실로 이송됐다. 그의 좌심실에는 커다란 구멍이 나 있었다. 칼의 끄트머리가 심장의 좌심실 벽을 관통했음이 확인됐다.

좌심실은 흉곽 내부에서도 아주 깊숙이 존재하므로 앞쪽에 있는 우심실에 비해 자해로 손상될 확률이 적다. 그렇게 좌심실에 난 구멍은 수술 중 심박출량을 급격히 떨궜다. 결국 에크모[5]와 대동맥 내 풍선 펌프까지 달고서야 그는 겨우 생존했고, 외상 중환자실로 퇴실할 수 있었다.

모든 혈역학적 지표가 제자리를 찾아갔지만, 환자의 의식은 쉬이 돌아오지 않았다. 호흡은 있었으므로 적절한 적응과 연습 단계를 거쳐 인공호흡을 위해 삽입한 튜브를 발관했다. 치료 엿새째, 그는 드디어 실눈을 뜨고 입을 뗄 수 있었다.

[3] 게이지 숫자가 클수록 주삿바늘이 가늘다
[4] syringe, 주사기 [5] ECMO, 체외막 산소 요법   180

"저를 왜 살리셨어요."

그렇게 입을 떼고 한 첫마디가 의료진의 가슴을 그 어떤 메스보다도 깊고 예리하게 후벼 팠다. 여느 의학 드라마에서처럼 상투적인 대사를 기대하진 않았지만, 너무나도 예상 밖이었다.

나중에 알게 된 사실은, 이번이 그의 일곱 번째 자살 시도였다는 것이다. 눈을 떴을 때 그곳이 병원이 아니라 천국이었기를 간절히 소망했던 것일까.

당신이 얼마나 기적적인 확률로 소생했는지 아느냐고 반문하는 것은 무의미했다. 응급실과 수술실에서 이행된 우리의 모든 노력은 모두 무의미한 것으로 보였다.

외상센터에서는 생을 끊고자 하는 이와 잇고자 하는 이의 사투가 벌어진다. 교통사고나 추락 같은 고에너지 손상을 어떻게 하면 더 빨리, 더 효과적으로 복원할지 쉼 없이 고민하는 우리를 비웃기라도 하듯이 그들은 더 높은 곳에서, 더 강력한 힘을 가진 도구로 자신을 훼손한 채 외상센터로 이송된다. 그렇게 꿰매고 이어 붙인 상처가 아물면, 그다음엔 더 처절한 상처를 만들어 온다. 그러다 그들이 성공하면, 생을 잇고자 했던 우리는 처절한 패배자로 남는다.

산다는 것은 누구에게나 고행이다. 그 누구도 스스로 세상에 오겠다고 선택하지 않았기에 더 그럴지도 모른다. 태어남에 대해선 어찌할 도리가 없지만, 죽음은 어떻게 보면 사람의 의지적 선택 안에 있는 것처럼 보이기도 한다.

하지만 분명한 것은, 생을 끊고자 하는 이들 대부분은 정말로 죽음의 문턱에 서는 순간 그 선택을 후회한다는 점이다. 생을 끊고자 하는 마음 자체도 외부적 요인으로 인한 일시적 충동이거나 마음의 병이 만들어 낸 착각이다.

때문에 생을 끊고자 하는 이들에게는 아주 실질적이고 전문적인 도움이 필요하다. 우리 모두 그 도움을 받을 권리가 있다. 살아 숨 쉰다는 사실 그 자체로 우린 소중하니까.

"저를 왜 살리셨어요."

여기에 나는 답을 줄 수 없었다. 내가 어떻게 답하든 환자의 몸과 마음에 난 상처를 낫게 할 수는 없기에. 그토록 강렬하게 세상과 작별하고자 했던 그의 사연을 미처 다 알지 못하기에 그렇다.

하지만 다시 그를 만나면 이렇게 말할 것이다.

"당신이 열두 번 실려 와도, 또다시 살려 낼 겁니다."

살아남은 이들의 지옥

예고 없는 사고, 살면서 절대 없을 것 같은 사고는 원망스럽게도 갑자기 불쑥 나타나 몸과 마음을 거세게 할퀸다. 이럴 때 외상외과 의사는 어떻게든 그 상처의 무게를 덜어 보려 애쓴다. 부러진 뼈는 가지런히 모아서, 나사와 메탈 플레이트를 이용해 원위치에 고정한다. 너무 많이 훼손된 장기는 피를 뿜거나 괴사하는 식으로 해로운 영향을 미치므로 단단히 묶어 적출한다.

이렇게 우리가 애를 써도 해부학적으로나 기능적으로나 환자는 100퍼센트 회귀하지 못한다. 사고 이전으로 시간을 돌릴 수 없듯이 외상으로 인한 후유증이 발생했음을 인정하고 받아들일 수도 있어야 한다. 자연의 섭리니까.

생과 사의 갈림길에 서 있다가 생의 동아줄을 부여잡고 이승으로 돌아온 이들은 살아남았다는 사실 그 자체에 감복해 더 이상 바랄 게 없다고 여긴다. 처음에는 그렇다. 그런데 산다는 것이 더 큰 좌절을 주기도 하고, 결국 사는 게 사는 게 아닌 지경에 이르기도 한다. 그 좌절을 만드는 요소는 크게 둘로 나뉘는데, 하나는 앞서 말한 예전 같지 않은 몸, 또 다른 하나는 가해자와의 지독한 싸움, 그러니까 보상 문제다.

질병관리청 자료에 따르면, 중증 외상을 발생시키는 사고 대부분은 교통수단과 관련된 운수 사고로, 중증 외상 전체의 약 55퍼센트를 차지한다. 그다음은 추락이나 미끄러짐 (37.5퍼센트) 사고인데 대부분 산업재해와 관련이 있다. 운수 사고의 경우 비교적 경찰과 보험사가 과실 비율을 잘 가려내는 편이다.

이길 수 없는 과실 싸움은 주로 산업재해 현장에서 발생한다. 2020년 동안에만 약 9,000여 명이 산업재해를 입었다. 그중에서 약 2,000여 명이 사망한 것으로 추정된다. 산업재해가 빈번히 발생한 분야는 단연 건설업(26퍼센트), 제조업(24퍼센트)이다.

사람의 육신은 연하고 나약한데 반해, 사람이 창조한 건

축과 제조 현장은 거대하고 강력한 기계로 가득하다. 그런데 기계에는 자비가 없다. 인력 부족, 안전 수칙 무시, 보호 장구 미착용은 곧장 대형 사고로 연결된다. 하루에 20명 넘는 노동자가 추락하고, 끼이고, 절단당해 현장에서 사망한다.

현장 안전과 보건 기준 관리는 곧 노동자의 생명과 직결된다. 2022년 1월에는 중대재해처벌 등에 관한 법률이 제정됐다. 기업이 하청에 하청을 주며 안전 관련 의무를 떠넘기는 일을 막기 위해서다. 그렇다면 그 뒤로 달라진 점이 있을까. 외상센터에서 체감하기로는 없다.

여전히 많은 노동자가 몸이 으깨져 생명이 경각에 달린 채 외상센터로 이송된다. 2022년 고용노동부 통계를 확인해 보니 산업재해자 수는 전년 대비 4.8퍼센트, 사망자 수는 5.6퍼센트 늘었다. 2022년 한 해 동안 중대재해처벌 관련 법의 적용 대상이 된 사고는 229건이었는데 그중 11건만이 기소됐다. 나머지는 내사 종결됐거나 기약 없이 수사를 기다리는 상황이다. 내 생각에 아마 기업이나 고용주는 만세를 부를 것이다.

내가 치료했던 한 산업재해자가 있다. 작업 중에 추락한 1톤짜리 포대에 깔려 척추가 두 동강 나서 영원히 전신 마비가 됐다. 하지만 2년째 재판만 준비할 뿐 보상은 한 푼도 받지 못했다. 고용주는 그 책임을 회피하기 위해 위장 이혼을 하고서 전 부인에게 회사를 넘겼다는 기막힌 소식도 늘렸다.

그 밖에도 축대 작업 중 모래 더미에 파묻혀 질식사한 50대 노동자, 건설 현장에서 굴착기에 밀려 사망한 40대 노동자도 있었지만, 그들에게 먼저 손을 내미는 이는 아무도 없었다. 모두가 책임을 회피할 뿐이었다. 5년 전, 컨베이어 벨트에 끼어 숨진 20대 하청 노동자를 고용한 자에게 대법원은 실형을 선고하지 않았다. 원청 대표와 법인은 무죄를 선고받았다.

대형 사고를 당하고도 살아남은 것은 축복받아 마땅한 일이다. 그 끈질긴 생존 싸움을 이겨 낸 개인에게 우리는 마음을 모아 박수와 응원을 보내야 한다. 그런데 어쩐 일인지 사회는 그들을 더 가혹한 지옥으로 몰아넣는다. 도대체 사회란 무엇이고 국가란 무엇인가 싶다. 가진 자들은 허술한 법망을 잘도 피해 간다.

대체 어디서부터 잘못된 것일까.

분노의 사탄

동네 노래방에서 사소한 시비로 칼부림이 일어났다. 이들은 서로 전혀 모르는 사이였다. 피해자 아내의 가슴이 긴 칼로 난자당하는 것을 남편이 눈앞에서 목격했다. 막아 보려고 안간힘을 쓰다가 남편의 손과 팔도 칼부림에 만신창이가 됐다. 가해자가 난동을 피우는 통에 모두가 도망 다니느라 신고 자체가 늦어졌다.

피해자를 실은 구급차가 도착하자마자 전체 외상팀이 달려들었고, 바로 클램쉘 절개[1]로 그녀의 가슴을 열었다. 그렇지만 솔직히 더는 할 수 있는 게 없었다. 이미 몸은 차가웠고 심장은 비어 있었다. 두 손으로 좌심실을 힘껏 짜 봐도 그 안엔 아무것도 없었다.

[1] clamshell incision, 가슴 아래를 가로 방향으로 절개하는 것

"여보, 나 이제 어떻게 살아! 나는 이제 어떻게 살아…"

벽을 잡고서 울부짖는 남편의 팔에서도 피가 흐르고 있었다.

어떻게 일면식 없는 이의 가슴에 칼을 꽂을 수 있는가. 찰나의 시비와 혈중알코올농도가 살해의 이유가 될 수 있는가. 사람에게 누군가의 생을 마감케 할 권한이 감히 있는가. 누군가의 부인, 누군가의 엄마, 누군가의 딸을, 그 누군가의 삶에서 강탈해 버린 사람을 사람이라 부를 수 있는가. 그럴 수 없다. 감히 없다.

이제 이 남편과 가족은 흐려지는 기억 속 사랑하는 이의 흔적을 부여잡고, 육부가 찢기는 정도의 정신적 고문 속에서 살아가야 한다. 오늘도 평온한 일상을 살았을 뿐인데. 그저 그렇게 기억될 수도 있었던 평범한 날들 중 어느 하루였을 뿐인데.

분노가 가득한 세상에서 불필요한 희생은 데자뷔처럼 반복되고 있다. 다들 너무나 쉽게 화를 내고 분노를 표출한다. 서로 사과하고 용서하는 법을 잊어버렸다. 반복된 패배와 좌절이 증오를 낳고, 여기에 절망과 충동이 버무려져 분노의 사탄을 만드는 것이리라.

안타깝게도 한국의 리더들은 이런 부조리함과 차별의 이데올로기를 불식시키는 데는 전혀 관심이 없는 듯하다. 아름답고 따뜻한 것만 나누며 살기에도 짧은 80년 남짓의 시간, 산다는 게 무엇일까. 죽어도 마땅한 사람이란 없다. 모든 살아 숨 쉬는 것들은 가치 있기에.

신은 왜 이 분노의 사탄을 이 땅에서 몰아내지 못했을까.

크낙새를 찾아서

외상센터에 합류한 첫 해에는 병원 본관에서 수백 미터 떨어진 농생명대 건물에 당직실을 배정받아 생활했다. 당직실에 있다가 콜이 울리면 10분 안에 응급실에 도착해 카드를 찍으려 헉헉대며 언덕길을 오르내렸다.

콜이 올 때는 죽음의 언덕길이지만 여느 때는 참 아름다운 언덕길이다. 봄이 되면 진분홍색 겹벚꽃나무가 풍채를 뽐내고, 여름엔 오색 장미가 피어오른다. 가을로 가는 길목은 늘 붉게 물든 메타세쿼이아가 열어 준다. 당직실 창밖으로 보이는 숲의 풍경과 피톤치드 향도 계절 따라 바뀐다. 아주 이른 새벽이나 밤에는 야생동물을 보기도 했다. 그도 그럴게 단국대학교 천안캠퍼스와 병원은 버스커버스커가 여자를 꾀기에 최적의 장소라 노래한 단대호수와 깊은 산자락 사이에 있다. 함께 당직실을 쓰던 재활의학과 선생과 나는 어떤 희한한 곤충과 동물을 봤는지에 대해 자주 토론하곤 했다(그녀는 계속해서 야생 꿩을 봤다고 주장했다).

너무나 피곤한 밤을 보내고 겨우 잠든 어느 당직 새벽이었다. 동도 트지 않은 시각에 밖에서 누군가 망치질을 하기 시작했다.

"똑, 똑똑."

이 시간에 굳이 망치질이라니. 짜증이 일었지만 누군가를 추궁할 기운조차 없는 상태였기에 베개로 귀를 막고 다시 잠을 청했다.

"똑똑, 똑똑, 똑똑."

"아, 진짜 누구야! 이 시간에!"

당직실 창문을 벌컥 열고서, 숲을 향해 소리를 빽 질렀다. 그런데 밖엔 아무도 없었다. 오로지 잠에 절은 나, 키가 커 수려한 나무 그리고 그 위에서 열심히 나무를 쪼던 검은색 딱따구리만이 있었다. 그 딱따구리는 어떤 여자 인간이 발생시킨 소음에 잠시 놀란 듯했으나 이내 다시 본연의 업무로 돌아가 1초에 한 번씩 부리를 나무에 충돌시켰다.

생전 처음 보는 광경에 나는 멍해졌다. 딱따구리는 어릴 때 책 속에서나 봤던 동물이다. 실제로 보니 아주 예뻤다. 부리를 포함한 몸 전체는 검은색에 아주 매끈했는데, 머리 위에만 새빨간 왕관을 얹은 듯했다. 미물에게 소리나 치다니, 새삼 딱따구리를 향해 미안한 감정이 들었다.

그 뒤로 나는 병원에서 만나는 사람마다 붙잡고 딱따구리 목격담을 늘어놓았다. 이는 나를 꽤나 우쭐하게 만들어 주는 경험이었는데 왜냐하면 야생 딱따구리를 본 사람은 별로 없었으니까. 다들 신기해하며 내 이야기를 들어 줬다.

"근데, 그거 혹시 크낙새 아니에요?"

박학다식한 한 직원이 인터넷 기사에서 본 적이 있다며 크낙새 사진을 찾아 보여 줬다.

"오, 맞는 거 같은데? 이거랑 똑같이 생겼던 것 같아요!"

"에이, 그럴 리 없을 걸요. 크낙새는 우리나라에선 멸종이래요. 발견하면 제보감이에요."

조사해 보니, 크낙새로 착각하게 하는 그것은 십중팔구 까막딱따구리라고 한다. 실제로 몸 위쪽과 머리의 우관, 정수리 깃까지 크낙새와 빼닮았다. 이 둘을 구분 짓는 것이 하나 있는데, 크낙새의 배에 난 흰색 깃이다. 비몽사몽하며 역정이나 내던 내가 새의 배꼽 색까지 기억할 리는 만무했다. 결국엔 내가 본 그것이 까막딱따구리일 가능성이 높다고 결론지을 수밖에 없었다.

외상센터를 포함한 한국의 '내외산소'는 침몰 중이다. 아니, 이미 고꾸라져 대부분이 바다에 처박혔고 끝부분만이 수면 위에 남은 상태라고 보는 게 맞겠다. 생명의 최전선을 지키는 의사가 멱살을 잡히고 법정에 불려 나간다. 그리고 도의적 책임, 불충분 설명이라는 미명하에 누군가를 살릴 시간과 힘을 빼앗기는 중이다.

그리고 외과 의사들은 후배에게, 학생들에게 더 이상 외과 의사가 되길 권하지 않는다. 외상외과 의사가 곧 멸종할지도 모르겠다. 우리를 멸종 위기종으로 지정해도 될 정도다.

외상외과에서 일한다 해서, 나는 대단한 의사가 아니다. 이국종 교수님 같은 영웅도 아니다. 수술 실력이 뛰어난 것도 아니다. 나보다 오랫동안 외상 환자를 돌본 수많은 선배들이 있으며, 그들은 모두 나보다 훌륭한 의사다.

그럼에도 불구하고 내가 펜을 든 이유는 크낙새를 찾기 위해서다. 생명을 살리고 싶은 예비 의사들, 표와 상관없이 사람의 몸을 부수는 시스템을 고치고자 노력하는 정치가들, 외상외과의 열악한 환경을 이해하고 가슴으로 응원을 보내 줄 당신. 이들이 바로 크낙새다.

정말로 크낙새는 우리 머릿속에만 남은 환상 종일까. 선명하게 찍힌 사진이나 녹음한 새소리가 없다 해서 정말 한국에 한 마리도 남지 않았다고 봐야 할까. 실제로 그렇다 해도 나는 크낙새 찾기를 포기하고 싶지 않다.

사선으로 미끄러져 내려가는 필수 의료의 갑판 위에서 허우적대다가, 문득 내 손에 조명탄이 쥐어 졌다. 그저 살기 위해 잡히는 대로 잡다 보니 우연히도 그렇게 됐다. 내 주변을 돌아보니 굉음 속에서 모두가 무너진 격벽을 일으켜 세우고, 기관실의 물을 퍼내는 데 여념이 없다.

이제 나는 구조를 요청하기 위해 손안의 조명탄을 쏘아 올리려 한다.

우리가 완전히 침몰해 버리기 전에, 마지막 남은 크낙새가 사라져 버리기 전에.

교도소 담장 위를 걷는다

"중앙응급의료상황실입니다. 외상 환자 전원 수용 가능 여부 문의드립니다."

"지역이 어디죠?"

"…경남입니다."

그는 바로 대답을 하지 못하고 잠깐 동안 주저했다. 상황실 직원도 알고 있었다. 한반도의 동쪽 최하방에서 심각한 부상을 입어 일분 일초가 급한 이 불쌍한 환자를 200킬로미터 넘게 떨어져 있는 우리 병원에서 받아 줄 수 있는지 물어야 하는 이 상황이 얼마나 어처구니없는 상황인지를.

"아니, 경남 어딘데요."

"사천입니다. 환자는 23세 남자로 오토바이 사고로 수상했는데 unstable pelvic fracture(불안정 골반골 골절)고 active bleeding(현성 출혈) 있다고 합니다. 현재 있는 지역 병원에서는 색전술 등 추가 치료가 불가하다고 합니다."

사천이라는 단어에서 한 번, 불안정 골반골 골절에서 두 번, 현성 출혈에서 세 번. 그의 짧은 말 한 토막을 듣는 동안 무려 세 번이나 기가 막혀 할 말을 잃어버렸다. 언제 또 이렇게 기가 막혔더라. 아, 사실 헌법에 쓰인 나의 기본권과 직업적 자존감을 박탈당한 올 한 해 내내 그러했다.

큰 투표가 목전이었던 지난 5월, 갑자기 뉴스에서 의대생 2,000명을 증원하고 필수 의료 패키지라는 걸 시행할 예정이란 소리가 들리기 시작했다. 무너져 가는 필수 의료와 지방 의료를 살리기 위해 불가피한 선택이라고 했다. 그러면서 이 정책은 과학적 사실에 근거하며 의사들과 충분한 상의를 거친 것이라고도 했다.

"교수님, 그 얘기 들으셨어요? 당장 내년에 학생을 더 뽑아야 한대요."

"뭐? 무슨 귀신 씨나락 까먹는 소리야. 당장 교실에 한 두 명 더 앉을 데도 없는데 말이 되냐 그게. 빨리 다음 환자

받을 준비나 하자고."

충분한 상의는 누구와 했다는 것이었을까? 내 자신이 바로 그 무너져 가는 필수 의료를 지방에서 매일 행하고 있는 의사인데, 당장 증원될 학생을 가르쳐야 하는 의과대학 교수인데. 분명한 점은 아무도 우리의 의견을 물은 적은 없었다는 것이었다.

외상센터에는 원래 전공의가 없다. 센터가 설립된 이래로 한 명의 전공의도 있던 적이 없었다. 늙은 교수들끼리 눈앞에 쏟아지는 환자를 감당하기에도 벅찬 하루하루가 가늘게 이어지는 게 일상이었다. 선거철 방송에서 흘러나오는 헛소리에 일일이 귀 기울일 만한 에너지는 늘 없었다.

그러던 어느 날 병원에 비상이 떨어졌다. 모든 인턴과 전공의, 학생들이 자취를 감추었다. 진료 유지 명령, 업무 개시 명령, 사직 금지 명령. 난데없이 하늘에서 명령이 쏟아져 내리기 시작했다. 저런 게 가능하긴 하단 말인가.

태풍으로 수해가 발생한 것도, 지진으로 사람이 죽은 것도 아닌데 정부 사람들은 중앙재난안전대책본부를 세워 노란 점퍼를 입고 텔레비전에 나왔다. 그리고 매일 마이크에 대고 말했다. 의사들이 악마라고. 어안이 벙벙했다. 그런데 사실 벙벙할 여유도 없었다. 병원에 의사가 없다고 심근경색이나 중증 외상이 기다려주는 것은 아니니까.

우린 한 사람이 열 사람의 몫을 해 내야 했다. 더러 익숙하지 않은 타 직종의 일까지 맡아 하다 보니 극도의 긴장 속에 사고도 발생하고 과로로 쓰러져 입원하는 동료들도 있었다. 그러다 가끔 정신이 들어 주위를 둘러보니 우리는 손가락질받고 있었다. 34시간 연속 근무를 마친 뒤 동태 눈깔로 육아를 하고 있는데 키즈 카페 스크린에서도, 집 앞 사거리 전광판에서도 정부의 프로파간다는 계속해서 번쩍거렸다.

선거철이 지나면 되돌려 놓겠지. 설마 미치지 않고서야 이제는 그만하겠지 생각했지만 아니었다. 1년 가까이 사태는 이어졌고 사천에서 다친 젊은이는 갈 곳이 없어 전화 돌림을 당하고 있었다. 그렇게 청년이 죽더라도 이젠 더 이상 뉴스거리도 되지 못한다.

사천에서 천안 사이에는 외상센터가 다섯 군데쯤 있다. 그런데도 나에게까지 이 전화가 왔다는 것은 그 외상센터들이 전부다 마비 또는 붕괴되었다는 것을 의미한다. 수백 수천 명의 의료진들이 힘겹게 쌓아올린 우리나라 응급의료체

계는 지난 1년간 완전히 박살났다. 처참히 깨진 다음 가루가 되도록 으깨져서 더이상 재생조차 불가능하다. 심하게 다치면 그냥 길거리에서 죽어야 하는 시절로 다시 되돌아 갔다. 외상 뿐 아니라 모든 분야에서 우리나라 의료의 시계는 타임머신을 타고 십 여년 전으로 비가역적 회귀를 했다. 껍질뿐인 의료 개혁의 결과물이었다.

그런데 심각한 문제는 따로 있었다. 필수 의료 종사자들이 전의를 잃은 것이다. 나 또한 그러했다. 더 이상 환자를 살리기 위해 나를 희생하는 삶을 살고 싶지 않아졌다. 우리의 말을 들어 주는 사람들은 거의 없었다. 정부의 선동에 눈이 가려지고 귀가 막혀 현장의 목소리는 밖으로 퍼져 나가질 못했다. 언론은 정부가 불러주는 말만 받아 적었다. 매일 밤 당직에 치이면서도 억울한 죽음에 대해 알리고자 했지만 기자들은 미안하다는 말만 하거나 아예 연락이 닿질 않았다. 의사 하나가 정부를 이겨낼 방도는 없었다.

그 와중에도 내외산소 의사들에 대한 법원의 형사처벌과 과징금 부과 소식이 끊이질 않았다. 나의 1인 시위를 보고 비웃던 전 보복부 실장은 퇴직 후 산하 기관인 심평원에 고액 연봉을 받고 취직했다. 그렇게 나는 무력함을 넘어 세상에서 사라지고 싶다는 충동마저 느꼈다.

"지금 환자 혈압은 얼마죠?"

"…40에 30 정도 된다고 합니다. 수혈이 원활하게 되는 곳은 아니라."

그가 또 머뭇거렸다. 수축기 혈압이 40밖에 되지 않는 환자는 앰뷸런스에 타면 안 된다. 너무나 혈역학적으로 불안정한 상태이므로, 차에 시동을 거는 순간 심장마비가 발생할 것이다. 그러면 동승한 의료진은 심장 압박을 시작하겠지. 핑음을 내며 달리는 앰뷸런스 안에서 수 시간 동안 청년의 갈비뼈와 복장뼈는 아무런 보람도 없이 부러져 갈 것이고, 폐와 심장은 뼛조각으로 인해 찢겨 나갈 테지.

동이 틀 때쯤 청년은 내 앞에 도착할 수는 있겠지만 이미 돌이킬 수 없이 만신창이가 된 상태일 것이다. 그러면 나는 이미 차가운 시체가 된 그의 몸에 의미도 없는 에피네프린을 주입하고, 여러 사이클의 심장 압박을 가해야만 한다.

그다음은 사망 선언을 하게 되는데, 안타깝게도 여기서 끝이 아니다. 장례식장에서 슬픔에 빠진 유족들에게 브로커들이 명함을 내밀며 어깨를 다독인다. 죽음에 책임이 있는 자를 밝혀내야 하지 않겠냐고. 이렇게는 억울해서 못 보내지 않냐고 말이다. 그다음부턴 경찰서와 법원의 시간이다. 여러 명의 의사를 거치고 환자가 사망했을 때, 으레 마지막에 그 환자의 얼굴을 본 의사가 처벌받는다. 형사가 끝나면 민사가 진행된다. 히포크라테스 선서를 내건 브로커들의 전략하에 17억을 배상하라는 판결이 내려진다. 앞날이 창창한 젊은이를 칼로 찔러 죽인 살인자에게도 몇억씩 물어내란 판결은 없는데, 선의로 환자를 치료하던 의사는 파산을 하고 고민 끝에 자살까지 이르기도 한다.

사천. 40에 30. 내 머릿속은 이미 두 손이 결박된 채 재판정에서 유죄판결을 받고 있는 미래의 내 모습을 그리고 있었다. 불과 1년 전만 해도 나는 물불 가리지 않고 모든 환자를 다 받았다. 중환자실에 자리가 없으면 있던 환자를 밀어내고 새로 베드를 만들어 냈다. 병원에 의사가 부족하면 집에서 자고 있던 동료를 깨워 불러냈다. 하지만 오늘의 나는 이 청년을 수용하지 않기로 결정했다. 그것은 '수용 거절'이 아니라 '수용 불가' 통보였다. 수용이 불가능하다고 말해야 할 때 의사는 피눈물을 흘린다. 하지만 인력과 물자가 부족한 상황에서 나와 내 동료들을 위험에 빠뜨릴 수는 없었다. 사회가 응급실을, 응급실에서 일하는 우리를 궁지로 몰아넣었다.

외상센터 의사로 일하는 모든 순간 동안 나는 교도소 담벼락 위를 걷고 있었다. 자칫 중심을 잃거나 발이 꼬이면 시커먼 담벼락 안쪽으로 영원히 떨어지게 되는 것이다. 거기에서 나를 구해줄 사람은 아무도 없다. 그럼 내 인생은? 나만 바라보는 내 가족들은? 그렇게 나는 이민을 생각하기까지 했다.

처음 내가 중증 외상에 인생을 걸어 보겠다고 결심했던 것은 단순히 눈앞의 한 명을 살리는 의사에 그치고 싶지 않아서였다. 외상 환자 한 명을 살리면 그 없이 더 이상 인간다운 삶을 살아가지 못할 가족들의 목숨도 함께 살리는 것과 다름없다. 나아가 사고를 일으킨 가해자나 산업 현장 관계자, 잘못된 기계 설비와 사회 시스템도 고치고 치료하는 셈이니 이보다 더 보람 있는 직업이 어디 있단 말인가.

비단 외상뿐 아니라 모든 필수 의료 분야가 다 마찬가지이다. 소아과 의사는 그냥 어린아이 하나를 살리는 것이 아니다. 그 아이와, 그 아이의 부모와, 그 아이가 살아갈 찬란한 삶 전체를 구하는 것이다. 산부인과 의사는 산모만 살리는 것이 아니다. 태아와 태아를 잉태한 부모의 목숨, 태어날 아이가 살아갈 인생, 그 아이와 더불어 이어 나갈 가족 모두의 삶

송두리를 더불어 살려 내는 것이다. 우리 모두는 이것이 얼마나 가치 있는 일인지 알기에, 그리고 이런 가치 있는 임무를 수행할 자격이 모두에게 주어지는 것은 아니기에 이 거룩한 직업에 헌신하기로 했던 것이었다.

우리 안의 이러한 소중한 마음은 지쳐 사라지고 있다. 환자들을 향해 열렬히 불타올랐던 그 사랑은 아주 깊은 곳에 봉인되어 가는 중이다. 다시는 세상 빛을 볼 수 없을지도 모른다. 그렇게 나는 초점 없는 눈으로 내 자신을 방어하기 위한 기계적 진료를 이어 갔다. 적어도 대한민국에서 바이탈 의사로 사는 마지막 날까지는 슬프게도, 계속 그래야만 할 것 같다.

꽃들의 편지

패혈증

이것은 나의 아내에게 보내는 편지입니다.

내가 마지막 숨을 내몰던 순간

너무 보고 싶으면 어찌 살아야 하냐며 울부짖던

나의 아내에게 보내는 편지입니다.

수술이 끝나고 마지막 숨을 내몰기까지 2주의 시간 동안

나는 그대와 너무나 행복했습니다.

살 수도 있을 거란 희망에 행복했습니다.

찰나였어도 그건 행복이었습니다.

손과 발의 끝이 검어지고 점점 숨이 차올라도
나는 겁나지 아니했습니다.
중환자실 대기 의자에 앉아 밤을 지새우던
그대가 벽 뒤에 있음에
나는 외롭지 않았습니다.

여보. 나는 사실 패랭이꽃이 되었답니다.
육십 평생 한시도 떨어져 살아 본 적 없던 당신을 두고
나는 어찌 발걸음이 가볍겠어요.
이제와 같이 항상 영원히 나는 늘 당신과 함께합니다.
당신이 밟고 지나가는 이 세상 모든 흙길에서
나는 묵묵히 패랭이꽃이 되어 그대를 바라봅니다.
모진 풍파가 그대를 쓸어 삼키지 않게
나 항상 그대를 지켜봅니다.

내 걱정은 하지 말아요.
흙길에서 우리는 늘 함께일 테니까요.

추락

엄마, 내 목소리 들려요?
엄마, 혹시 아직도 나를 혼낸 죄책감에
삶을 잇지 못하고 있나요?
그러면 안 돼요. 엄마, 그러지 말아 줘요. 엄마.

엄마, 이곳은 행복한 곳이에요.
이곳에도 학교와 운동장과 친구들이 있어요.
좋아하던 게임을 하고 좋아하던 운동도 하고
사실 엄마 생각이 잘 안 날 때도 있어요.

엄마, 나는 잘 지내고 있어요.
이곳은 시험도, 옥상도, 아픔도 없는 빛이 가득한 곳이에요.

백일 된 나의 허벅지 살을 어루만지던
엄마의 손길을 기억해요.
내 처음 '엄마'를 발음하던 날의 함박웃음을 기억해요.
1학년 학예회 날 뒤돌아 도둑 눈물 훔치던
엄마의 모습도 기억해요.

이 기억들은 아주 생생하고 따뜻한 것들이에요.

세 번째 수술을 마치고 잠시 눈이 떠졌을 때,
내 얼굴로 떨어지던 엄마의 우박 같은 눈물과
흐트러진 얼굴을 기억해요.
그런데 그것은 아주 무겁고 차가운 기억이에요.
그 어떤 수술 자국보다도 나를 아프게 하는 기억이에요.

엄마, 내게 다시 따뜻한 기억을 보내 줘요.
엄마, 내가 세상에 못 다 피우고 간
이팝나무 꽃을 대신 피워 주세요.
엄마, 내가 그 세상에서 못 다 펼치고 간
사랑을 대신 베풀어 주세요.

그러면 제가 여기서 더 행복할게요.

경막외출혈

내 마지막 순간 귓속에서 뜨겁고 빨간 것들이

흘러나옴을 멈추지 않았지만
나를 살리지도 못할 개두 수술을
하지 않기로 한 건 잘한 선택이었소.
나의 몸뚱어리는 이미 이 세상에서
그 쓰임을 다하였던 것이 자명하였소.

그래도 시도하겠느냐는 의사의 문초에
아니오, 포기하겠소.
오열하던 당신을 나는 원망하지 않소
오랜 세월 당신을 힘들게 한 것으로 나는 충분하오.
그 세월 동안 당신이 나를 놓지 아니했으니
그것으로 나는 보상받았소.

여보. 나는 고들빼기가 될 생각이오.
그리하여 내 딸은 고들빼기 꽃처럼 자라났으면 하오.
무너지는 당신 옆에 멀뚱히 있던 딸아이를 부탁하오.
아직 나의 사거[1]가 이해되지 않을 나의 딸을 잘 부탁하오.

딸아이가 우리 나이가 될 때쯤엔 다 이해하지 않겠소?
내가 지를 얼마나 사랑했는지.

[1] 죽어서 세상을 떠남

그리고 당신이 지를 얼마나 사랑하는지.

빨래

나의 심장이 갑자기 멎어 버려 놀라지는 않았더냐.
깜깜 새벽 의사의 전화를 받고 달려오던 길에
어디 걸려 넘어지진 않았더냐.
진즉 옥상에 천막을 칠걸 했던 내 말은 잊거들랑 하여라.
죽어서도 자식들 걱정뿐이니 우습더냐.
어머니란 원래 그런 것이 아니겠느냐.

아그야,
너는 내가 너의 마지막 말을 듣지 못하였다 생각하겠지만
사실 나의 영혼은 너의 목소리에 온 귀를 기울이고 있었다.
어머니 많이 사랑했다고,
그동안 고마웠다고,
이렇게 보내 미안하다고.
비록 나의 입과 코와 가슴속 어디에도
호스가 꽂혀 있지 않은 곳은 없었지만

사실 나의 영혼은 아주 가볍고 맑아지게 되었다.

나도 헤아릴 수 없이 너희를 사랑했다. 아그들아.

빛이 가득한 세상에서 우리 가족 모여 살 옥토를 찾으려 한다.

그리고 거기에 냉이 꽃으로 가득한 정원을 가꾸려 한다.

너그들 편히 걸어올 평탄한 길도 닦으려 한다.

아마도 오랜 기다림일 것이다.

하지만 그것은 아주 즐거운 기다림이 될 것이다.

주어진 인생 너무나 고달프지 않게 살아 내다가

천천히들 오그라.

나는 정원과 길을 지어 놓고 그곳에서 기다리고 있으마.

가족의 생명을 지키는 법

'사고 전에 아주 작은 낌새라도 있겠지, 나라면 눈치챘을 거야.'

틀렸다. 사고에는 예고편이 없다.

중증 외상을 초래하는 사고는 부지불식의 성질을 띤다. 그런데 결과는 어떠한가. 찰나의 사고는 소중한 나의 가족, 친구, 동료를 영원히 볼 수도, 만질 수도 없게 만든다.

세상 모든 사고에는 사연이 있기 마련이지만, 닳고 닳은 외상외과 의사라도 매번 외면하고픈 것은 어린이 사고다. 어린이 사고 책임은 100퍼센트 어른들에게 있다.

다만, 예고편이 없다고 해서 방법이 없다는 뜻은 아니다. 어린이나 노인의 사고, 가정 내 사고만큼이나 확실히 예방 가능한 사고는 없다. 내가 외상센터에서 반복적으로 봐야만 했던 안타까운 사례를 바탕으로 가족의 생명을 지킬 수 있는 법 몇 가지를 소개한다.

바퀴 달린 것을 탈 땐 헬멧 쓰기

물론 철판이 충격을 흡수할 수 있는 자동차나 비행기는 제외다. 이를 제외한 바퀴 달린 것을 탄다면 그 순간부터 중증 외상, 특히 뇌 손상의 위험이 있다. 그중 사고 유발 1순위는 단연 모터사이클이다. 사람의 머리는 보기보다 무겁고, 중력이 강력히 작용한다. 사람이 중심을 잃고 쓰러지는 순간, 아스팔트나 보도블록 연석에 두개골이 여지없이 부서진다.

어린이가 많이 타는 자전거, 킥보드, 인라인스케이트도 예외가 아니다. 하물며 전동 킥보드는 '제발' 안 탔음 한다. 이를 타다가 얼마나 많은 사람이 죽는지 알게 된다면, 당신은 집에 있는 킥보드를 당장 버릴 것이다.

만 6세 미만 어린이는 유아용 시트에 태우기

현행법상 만 6세 미만의 어린이를 '유아용 시트'[1] 없이 차에 태울 경우 6만 원의 벌금을 내야 한다. 택시 탈 때도 마찬가지다. 체구에 맞는 유아용 시트 없이 6세 미만 자녀를 차에 태우는 것은 범죄다. 최근 인식의 변화가 많이 생겼음에도 불구하고 2021년 기준 착용률이 고속도로 65.12퍼센트, 일반 도로는 53.14퍼센트다. 한마디로 형편없다.

'가까운 데 가니까 괜찮겠지.'

'내가 팔로 꽉 안고 가니까 괜찮을 거야.'

아직도 절반 가까운 부모가 이런 생각으로 자녀를 사지로 몰고 있다는 뜻이다. 이러다 사고가 났을 때 부모 팔이 자녀 복부를 가격해 혈관이나 창자가 끊어진 걸 본 적도 있다. 자녀가 유아용 시트에 앉을 때 울고불고 난리가 난다면 어떻게 해야 할까. 자녀를 차에 태우지 않는 게 좋다.

욕실 바닥에 물기 없애기

우리나라 화장실은 기본적으로 습식이다. 즉, 바닥에 물

이 흐르기 때문에 들어갈 때는 주로 슬리퍼 같은 것을 신는 다. 반대로 서양 쪽 화장실은 바닥에 물이 없는 건식이다. 제 대로 된 경우 바닥에 배수구조차 없다. 이런 곳에서는 샤워 를 할 때 부스나 욕조 밖으로 물이 튀지 않게 주의를 기울여 야 하기에 번거로울 수 있다(외국 여행 다녀와서 욕하는 포인트 중 하나다).

하지만 나는 건식을 적극 권한다. 습식보다 불편해도 더 안전하다. 하루에도 수백 명의 아이와 노인이 화장실에서 미 끄러져 뇌출혈과 고관절 골절을 얻는다. 만약 건식으로 바꾸 는 게 부담스럽다면 인터넷에서 구할 수 있는 코일 매트나 원목 발판부터 깔아 보자.

신호등과 운전자 믿지 않기

보행자로서 믿을 것은 자신의 두 눈뿐이다. 운전 중에 휴대폰을 보거나, 신호를 가볍게 무시하거나, 심지어는 술 마 시고 운전대를 잡는 정신 나간 인간이 생각보다 많다.

신호등이 초록색으로 바뀌었다 해서 그냥 길을 건너서 도 안 된다. 차가 없거나 늘 다니던 길이라 해서 마음 놓고 휴대폰을 보면서 걸어서도 안 된다. 정신 나간 인간이 모는 차가 그대로 당신에게 돌진 중일지도 모르기 때문이다. 자녀가 있다면 이 점을 반복해 교육했음 한다.

음주는 자신을 통제할 정도로만 하기

음주로 인해 발생하는 온갖 외상에 대해서는 책 한 권을 따로 쓸 수 있다. 과음은 일차적으로 건강을 해치지만(이 부분은 내가 관여할 바는 아니지만), 더 중요한 건 자신의 과음이 남의 목숨까지 해칠 수 있다는 점이다.

나는 외상외과 의사로서 술에 관대한 정서와 법규를 증오한다. 그리고 또한 상습적으로 술에 취해 타인에게 피해를 입히는 인간도 증오한다. 술은 제발 취하기 전까지만, 자신을 통제할 정도로만 마시자.

올바른 안전벨트 착용법

도로교통법상 모든 도로를 달리는 일반 및 특수차량에

탑승한 전 좌석 승객에게는 안전벨트 착용의 의무가 있다. 생각보다 많은 사람들이 3점식 벨트의 올바른 착용법을 알지 못한다.

우선 어깨 벨트는 목이나 쇄골, 겨드랑이 밑이 아닌 '어깨'를 타고 사선으로 내려가야 한다. 대부분의 차량은 앉은 키에 따라 벨트 높이 조절이 가능하다. 다음으로 허리 벨트는 사실 허리도, 배 위도 아닌 '골반'에 걸쳐야 한다. 강한 압박을 충분히 견딜 수 있는 어깨뼈와 골반뼈가 아닌 다른 곳에 걸칠 경우 골절, 내장 파열 등의 심각한 상해를 자초하는 꼴이 된다. 또한 60도 이상 좌석을 뒤로 기울이거나 두꺼운 패딩을 입은 채 안전벨트를 착용하면 벨트 밑으로 몸이 빠질 수 있다는 점도 명심하자.

임산부도 안전벨트를 무조건 착용해야 한다. 다만 벨트가 태아가 있는 부위를 지나서는 안 되며, 허리 벨트는 배꼽 아래, 골반 쪽으로 최대한 내려서 걸친다.

안전벨트를 착용하지 않고 발생한 사고에서 승객이 차창을 뚫고 밖으로 튕겨져 나갈 확률은 생각보다 높다. '안전벨트 경고음 차단 클립' 같은 것을 사서 꽂고 다니는 사람들은 정말이지 목숨이 두 개인가 싶다.

치명적 추락 사고 방지하기

비단 산업 현장과 공사장이 아니더라도 사람이 추락할 수 있는 장소는 무한하다. 추락사는 대체로 머리나 골반이 단단한 땅에 떨어졌을 때 발생한다. 사다리(아주 낮은 가정용일지라도)는 무조건 2인 1조로 이용해야 한다. 갑자기 사다리가 흔들리거나 작업자가 중심을 잃는 상황에 대비해야 하기 때문이다.

또한 자녀가 창밖으로 추락하는 비극을 막기 위해서는 창가나 베란다에 그 어떠한 가구도 두지 말아야 한다. 당신이 영유아와 미취학 아동의 부모라면 자녀에게서 한시도 눈을 떼서는 안 된다. 참고로 추락 방지 창문 잠금 장치는 인터넷 쇼핑몰에서 저렴하게 살 수 있다.

마지막으로, 높은 나뭇가지 끝에 달린 열매는 제발 새에게 양보하자.

또다시 살리고 싶어서

초판 1쇄 발행일 2024년 12월 20일
초판 2쇄 발행일 2025년 2월 25일

지은이 허윤정

발행인 조윤성

편집 강현호 **디자인** 정효진 **마케팅** 김진규
발행처 ㈜SIGONGSA **주소** 서울시 성동구 광나루로 172 린하우스 4층(우편번호 04791)
대표전화 02-3486-6877 **팩스(주문)** 02-598-4245
홈페이지 www.sigongsa.com / www.sigongjunior.com

글 ⓒ 허윤정, 2024

이 책의 출판권은 ㈜SIGONGSA에 있습니다. 저작권법에 의해
한국 내에서 보호받는 저작물이므로 무단 전재와 무단 복제를 금합니다.

ISBN 979-11-7125-369-2 03810

*SIGONGSA는 시공간을 넘는 무한한 콘텐츠 세상을 만듭니다.
*SIGONGSA는 더 나은 내일을 함께 만들 여러분의 소중한 의견을 기다립니다.
*잘못 만들어진 책은 구입하신 곳에서 바꾸어 드립니다.

WEPUB 원스톱 출판 투고 플랫폼 '위펍' __wepub.kr
위펍은 다양한 콘텐츠 발굴과 확장의 기회를 높여주는
SIGONGSA의 출판IP 투고·매칭 플랫폼입니다.